林蔚然 著

大国工匠

CRAFTSMEN OF THE NATION

敦煌文艺出版社

图书在版编目（CIP）数据

大国工匠 / 林蔚然著. —— 兰州：敦煌文艺出版社，2019.1（2023.1重印）

ISBN 978-7-5468-1684-5

Ⅰ.①大… Ⅱ.①林… Ⅲ.①话剧剧本—作品集—中国—当代 Ⅳ.①I234

中国版本图书馆 CIP 数据核字（2018）第 302485 号

大国工匠

林蔚然 著

责任编辑：曾　红
装帧设计：李　娟　禾泽木

敦煌文艺出版社出版、发行
地址：（730030）兰州市城关区读者大道 568 号
邮箱：dunhuangwenyi1958@163.com
0931-2131373　2131397（编辑部）　0931-2131387（发行部）

三河市嵩川印刷有限公司印刷
开本 787 毫米 × 1092 毫米　1/32　印张 4.75　插页 1　字数 90 千
2019 年 7 月第 1 版　2023 年 1 月第 2 次印刷
印数：3 001～6 000

ISBN 978-7-5468-1684-5

定价：36.00 元

如发现印装质量问题，影响阅读，请与出版社联系调换。
本书所有内容经作者同意授权，并许可使用。
未经同意，不得以任何形式复制转载。

Contents
目 录

001
大国工匠

086
天真之笔

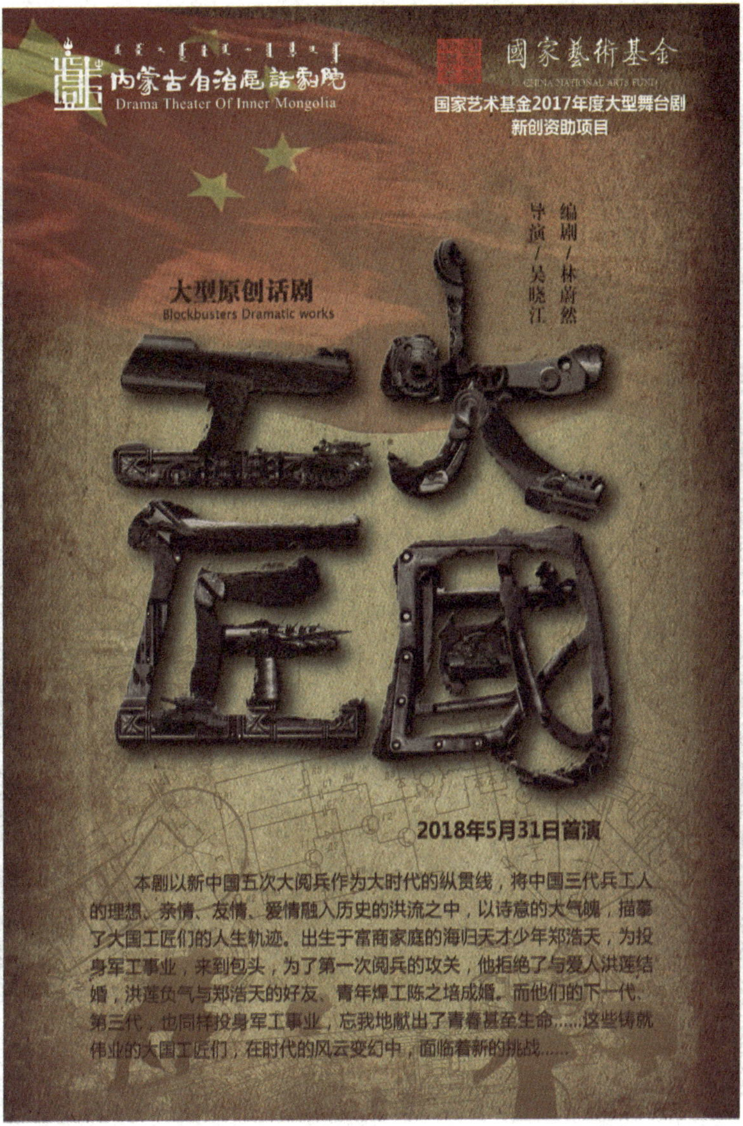

内蒙古自治区话剧院
Drama Theater Of Inner Mongolia

國家藝術基金
CHINA NATIONAL ARTS FUND
国家艺术基金2017年度大型舞台剧
新创资助项目

编剧／林蔚然
导演／吴晓江

大型原创话剧
Blockbusters Dramatic works

大国工匠

2018年5月31日首演

本剧以新中国五次大阅兵作为大时代的纵贯线，将中国三代兵工人的理想、亲情、友情、爱情融入历史的洪流之中，以诗意的大气魄，描摹了大国工匠们的人生轨迹。出生于富商家庭的海归天才少年郑浩天，为投身军工事业，来到包头，为了第一次阅兵的攻关，他拒绝了与爱人洪莲结婚，洪莲负气与郑浩天的好友、青年焊工陈之培成婚。而他们的下一代、第三代，也同样投身军工事业，忘我地献出了青春甚至生命……这些铸就伟业的大国工匠们，在时代的风云变幻中，面临着新的挑战……

002

《大国工匠》剧照

李伟杰 / 摄影

《大国工匠》剧照 李伟杰 / 摄影

005

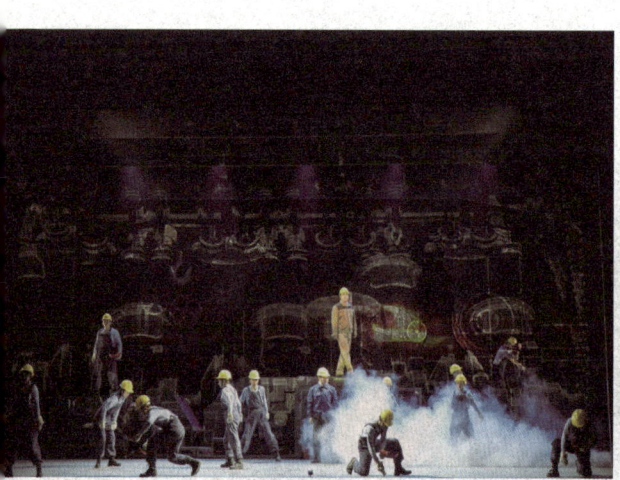

《大国工匠》剧照

李伟杰 / 摄影

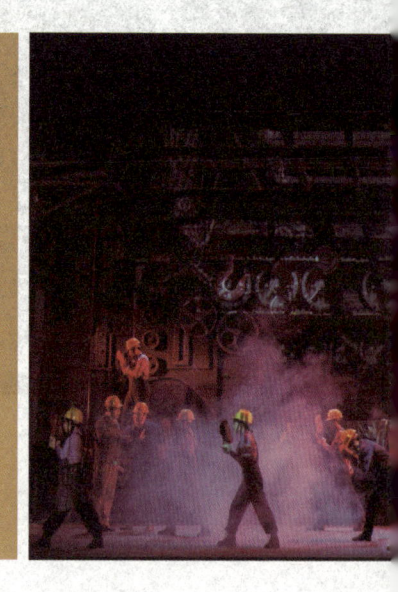

007

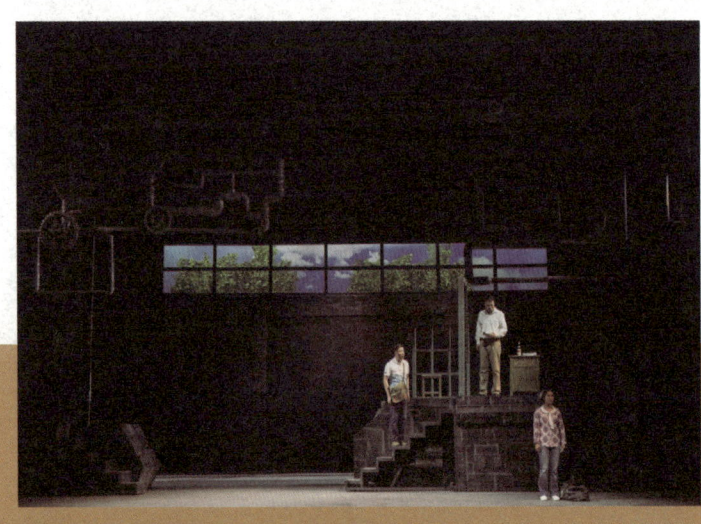

《大国工匠》剧照　李伟杰／摄影

【话剧剧本】

大国工匠

Craftsmen of the Nation

林蔚然

【雷声隆隆,大雨冲刷着城市。

【肖邦的《革命练习曲》渐起,逐渐响彻天地。

【一艘高至膝盖的坦克模型车沿着舞台上的轨道,开上舞台。

【老年郑浩天身上光渐起。轨道包围着他。他索性坐下。

【又一辆民用的中国悍马从轨道开上来……

【老年郑浩天检阅着这些模型,犹如检阅真正的千军万马。他像一个指挥家,随着《革命练习曲》的旋律和坦克模型车隆隆地经过,轻轻在空气中击打着。

【大屏幕浮现出第一次大阅兵的情景。

老年郑浩天:(似喃喃自语,又像是跟老朋友聊天)我知道,我都知道。太阳一点点儿升起来了,我大气儿都不敢出……先是嗡嗡声,像一群归巢的蜜蜂,从天边慢慢来了,脚下轻轻地颤着、抖着。心里就开始跟着打鼓。紧跟着,就像从大地深处传来的隆隆的响声,让人心慌意乱,心里就跟揣着一群野兔子往外蹿一样……从阅兵仪式上回来的那些人,他们每讲一遍,脸上眉毛都飞出去了。他们是故意让我眼馋呢。因为,我从来都没有看过阅兵。

【歌队中走出青年郑浩天。另一个光区起光。

1958 年

【大雨。雨声效果由歌队在台侧明场做出。歌队演员随时跳进跳出扮演人物。

【洪莲穿着雨衣,拿着饭盒和一件白衬衫上。看见实验室门外地上放着的饭盒,叹了口气。

洪莲:(小心地拉了拉门,门从里面锁着)你又不吃又不喝,还没等建成社会主义,你先死了,我可怎么办?!

【屋内没有反应。

洪莲:我知道你在里头。我就想问你一句,咱们俩什么时候去照结婚照?一周之后就是婚礼了,领导和工友们都会来热热闹闹……

【还是没有反应。

洪莲:(有点担心)浩天……(看看四周,有点羞涩但焦急)同志。郑浩天同志!

【门一下子开了。头发乱蓬蓬、眼睛红彤彤的郑浩天站在门口。

洪莲:你终于肯开门了。我已经六天没见过你了。门口的饭盒有时候吃了一口就扔出来,有时候凉透了都没动过。

郑浩天:洪莲同志,别再给我送饭了。组织上会给我在食堂安排的。

洪莲:那不一样。

郑浩天:没有必要再送。我想说的是……反正很快你会忘了我。你必须这么做。

洪莲:(惊愕)你说什么?

郑浩天:请你原谅。我想咱们最好还是分开。

洪莲:……

郑浩天:请你走吧!我还要工作。

【郑浩天欲关门。

洪莲:(用手和身体抵住房门)别闹了,郑浩天同志,我还不知道你?离开我,你生活完全不能自理。

郑浩天:洪莲同志,我向毛主席保证,这不是开玩笑。

洪莲:好了,别再说了,就当为了我,委屈你一次,我已经找好照相馆了。

郑浩天:洪莲,我想得很明白了,我不会跟你结婚的。

洪莲：哈！我妈给咱俩做的被面马上就缝好了，我爸托人弄的糖和花生还有酒正在路上。学校里的同事，工厂里的工友们，都通知了一遍。这时候别开这种玩笑。

郑浩天：对不起！

洪莲：……为什么？

郑浩天：（抓抓头发）我再三考虑过了。你看啊，我这几天除了一次一次做实验，就是想咱俩这件事儿。想得翻来覆去睡不着觉。睡不着觉我就接着做实验……不用照镜子我也知道，我这模样，人不人鬼不鬼的，头发脏得跟收发室的鸡毛掸子一样……是，我知道你不会嫌弃我这个德行，你会跟我结婚，给我做饭洗衣服，隔三岔五敲敲门看我是不是还活着。但我凭什么让你天天过这样的日子呢？你好好一个姑娘，捡个破烂儿回家干什么？

洪莲：我乐意啊。你有学问有本事，懂技术，能成大器办大事儿。家里的小事儿我来就好了。

郑浩天：洪莲，你是不是傻！是不是有病啊！

洪莲：我傻，你聪明就行了；我有病，你就是药。

郑浩天：我很忙。我觉得你也是个有文化的人，我跟你说的你都能听明白。咱们就别浪费时间了。

洪莲：所以没有时间开这种玩笑。衣服换下来我带走,明天你给我一个小时,就一个小时,照相馆的师傅我去打招呼,不行的话请他到这儿来给咱们拍……

郑浩天:没有什么结婚照。洪莲,没有了。

洪莲:……

郑浩天:我已经想好了。我的生活里现在没法再装下你了。我满脑子都是以后几十年的事儿,那里头要是有你,我会后悔的。

洪莲:你……有别人了?

郑浩天:你别问了。

洪莲:我是不是哪儿做错了?你告诉我,我可以改。是啊,上次我发烧不该埋怨你不来看我,你那么忙,我还跟你闹别扭……我来给你送饭也不再乱敲门了,你自己想着吃啊。你胃不好,以后咱们结婚了,我照顾你就更方便了。要不真是担心你照顾不了自己……结婚照你不想拍没问题啊,咱们以后再说,等咱们有了孩子,一家三口一起拍……

郑浩天:你没做错什么。是我不好。我不配跟你结婚,不配当你的丈夫。趁着现在还来得及……你应该有幸福的家庭啊……洪莲,你走吧。我要继续工作了。

洪莲:……

郑浩天:(微笑)照顾好自己。要搬蜂窝煤就找陈之培,让他帮你,或者来这儿找我……只要我没有在做实验,我一定去帮忙。

洪莲:只剩下七天了。

郑浩天:是啊。就剩下七天就要交图纸了……外媒说中国人不能制造坦克,我们偏要给他们看看!阅兵倒计时了……这是重大任务……我急得睡不着啊……这雨一直没停,哗哗地都下在我心里了……我一分钟掰成八百瓣儿都不够用啊,你快回去吧。不能功亏一篑,咱俩都成了历史的罪人,要当罪人我一个人来。那什么,要是你还能把我当朋友,哪天看见我饿得倒在门口,给我扔个你亲手蒸的窝头来。

洪莲:我是想提醒你,还剩七天咱俩就要办婚事了。

郑浩天:现在你解脱了。祝贺你!相信我,时间会证明一切的,等你老了,头发白了,昏昏欲睡地想起今天这一切,也许你仍然会觉得郑浩天是个王八蛋,但是你会觉得这一切都是对的。

【洪莲把手里的饭盒换过来,又用毛巾仔细包上。

洪莲:面条趁热吃了……这是我最后一次给你送饭了……这件白衬衫是我托人从上海带来的,本想婚礼的时候给你穿,现在看起来用不上了。送给你做个纪念吧……郑浩天,好好工作,好好生活。我走了。

郑浩天:(看着洪莲慢慢离开,忽然地)哎!

洪莲：（停下，期待地转身）……

郑浩天：（走过去，用袖子给洪莲擦了擦头发上的雨水）擦干了，别感冒了。上次发烧还没好利索……

【洪莲控制不住自己，一下子抱住郑浩天。郑浩天轻轻推开洪莲。

郑浩天：走吧。就跟所有人说，我是个坏人。随你怎么说。希望你别太恨我。

【郑浩天疾步走回实验室，门关上了。

【洪莲眼泪涌出，她快步跑下。

【实验室的门开了，郑浩天冲出来，他看着洪莲的背影，有些激动，脸上的表情十分复杂。

【雨更大了。穿着工作服的陈之培上，险些跟洪莲撞个满怀。洪莲失魂落魄地跑下。陈之培看见郑浩天。

郑浩天：我都跟她说了。

陈之培：你说什么了？！

郑浩天：说我不能跟她结婚了。

陈之培：（一拳打在郑浩天脸上）你他妈混蛋！

郑浩天：陈之培，我最重要的决定有三个，一是毕业后决定回国，参加祖国建设；第二个就是从北京到咱们包头三机厂，啃这块能把牙都硌折的硬骨头！都说这是不可能完成的任务，我郑浩天偏偏不信！这第三个，就是今天。我不能对不起这份事业，差一毫一厘都不行！洪莲不是我第一个喜欢的女人，但她是我第一个想要跟她共度一生的女人。我甚至预感到跟她结婚之后，我可能会消磨掉工作的斗志，只想待在她的身边……我不是为了这个回国的。可能我这辈子都成功不了，我这条命也会交给这份事业。我已经选择了工作，无法再选择爱人。我不能耽误她……知道你小子也喜欢她，我早就看出来了。咱俩是好哥们，你的人品我信得过。要是她也愿意……就这样吧。欠她的，我找机会补偿……如果我还有机会的话。

【陈之培傻了。

陈之培：不不，我从来没敢想过……我配不上洪莲……

郑浩天：（给他一拳）别他妈等我反悔……去吧，去找她！

【陈之培愣怔着，倒退几步，离开了实验室。他跑出去，发现洪莲坐在雨里，呆呆地发愣。

陈之培：（走过去坐在洪莲身旁，笨嘴笨舌地企图开解洪莲）今天天气不错……

洪莲：……

陈之培：其实我是想说，你别哭了……

洪莲：我没哭。

陈之培：那就是雨太大了。

洪莲:你早就跟我说过,郑浩天是个怪胎。

陈之培:是啊。

洪莲:我一直觉得我能改造他,现在看来,我太自不量力了。

陈之培:(不知道说啥好)……

洪莲:你觉得我好吗?

陈之培:好。我们厂里的工友都说郑浩天这个怪人有福,能找到你。你有文化,还能干,长得也好看,还会照顾人……

洪莲:可惜他不这么想。陈之培,我结婚的时间已经定了。你愿意的话,请组织批准我跟你结婚吧。

【陈之培傻了。

【郑浩天把头伸出走廊,他看见陈之培打着伞,跟洪莲走远了。他一直目送他们。他穿过实验室,埋首各种模型、模具之间,奋笔疾书。

【歌队。

A:从天上掉下来的馅饼,砸着陈之培了。

B:吃别人嚼过的馅饼能香吗?

C:要饭还嫌馊?

D:嘘,这是婚礼,你们有点参加婚礼的样儿。

【歌队扮演同事们,有吹口琴的,有吹笛子的,有拉二胡的,有拉手风琴的。吱吱嘎嘎的热烈演奏之下,陈之培和洪莲的婚礼如期举行了。

【陈之培和洪莲上。歌队给陈之培和洪莲递上新衣服。洪莲义无反顾地穿上,陈之培有点发懵,但惊喜地也穿上。

【大家都有点尴尬但是热情万分。老年郑浩天慢慢地走上台,坐在结婚场地里。

老年郑浩天:我看你们好像都有点尴尬啊。

A:真挺尴尬的。

B:没听说过结婚前换丈夫的。

C:(对着陈之培)小郑……啊小陈,祝你和洪莲百年好合!

D:早生贵子!

E:为社会主义建设,为咱们早日攻关,贡献力量!

【陈之培喜滋滋地笑着,感谢着大家。洪莲绷着小脸,看不出表情。

【投影幕上闪现各种数字,各种算式的变化。终于定格。

【郑浩天从模型和模具中抬起头,把图纸抛向天空。

郑浩天:行了!成了!!

【他激动得哆嗦着,头发蓬乱地跑出实验室。似乎想起什么,又折回去拿起那件白衬衫庄重地套上往外跑,边跑边系扣子。

证婚人:陈之培和洪莲同志,今天在同志们的帮助下,结为革命夫妻!

【郑浩天出现在婚礼上。大家看见了他,安静下来。音乐还在响。

陈之培:浩天……你来啦。

洪莲:(看见郑浩天穿着白衬衫,眼泪一下子掉下来)……

郑浩天:(看见洪莲、陈之培结婚的场面,愣住了,仿佛才意识到时间已经走到了这个时刻,他有些结巴)……我算出来核心的数据了,洪莲。分毫不差,这个项目前后五年,所有的人都在等着今天。我知道你会为我高兴的,所以我第一时间跑来告诉你。

洪莲:祝贺你……

郑浩天:(失落地)今天是你和陈之培大喜的日子……我想送一个新婚礼物给你们。可我没有时间去准备。

陈之培:你能来就是送份大礼了……

郑浩天:那什么,好好照顾洪莲。她要是不幸福,我找你算账。

陈之培:我会的。

郑浩天:(欣慰又难过)……我……我来给你们唱首歌吧。今天真高兴啊!(用俄语轻轻唱起《白桦林》)"为什么俄罗斯的白桦林如此喧闹?为什么白色树干的它们什么都明白?

歌队:(陪伴着郑浩天,唱)"它们在风中伫立在路旁,靠在它们身上,树叶便忧伤地落下。我总是很乐意去那宽宽的路上散步,这或许就是生活中我所体验的所有快乐吧!为什么树叶儿在忧伤地飞舞,抚慰我衣襟下的心灵?心里一次又一次地变得沸腾,却一次又一次得不到答案。"

老年郑浩天:(也轻轻唱)"叶子从白桦树上落在肩膀,它就像我一样地离开了生长的地方。和你在故乡的路上坐一坐,你要知道,我会回来,不必忧伤……"

【手风琴和口琴声变得柔和,为歌声伴奏。

【在优美深情的歌声中,洪莲泪流满面……陈之培抚慰地搂紧洪莲的肩膀。

【歌队往新郎、新娘头上洒着花瓣。花瓣也落在青年郑浩天和老年郑浩天的身上。老年郑浩天伸手去接花瓣,他回身凝视着一对新人。

老年郑浩天:那个时候,我知道我不能回头。但现在,我可以目不转睛地看着他们,我的爱人和我的朋友,在今后的人生长路上,即将搀扶着走下去。我庆幸自己做出了这样的选择。

【影像:1959年10月1日,毛泽东阅兵……

【歌队舞蹈化的肢体表演配合中,洪莲从怀孕到生出新的生命,一气呵成。陈之培狂喜。

【肖邦夜曲 18 号作品奏响。

老年郑浩天:1959 年 10 月 1 日,共和国十周年阅兵式,铁流滚滚中,中国人不能制造坦克的历史正式宣告结束。中国自主研发制造的 32 辆"五九式"主战坦克和"红旗牌"检阅车首次亮相国庆阅兵式。我们技术保障的队伍一直在等待前方传来的消息……当铁流通过天安门广场,我们长久地欢呼着,嗓子都哑了。好像有心灵感应,洪莲和陈之培的儿子在阅兵的乐曲奏响时呱呱坠地,取名陈启生。陈启生就以这样的方式,参与了第一次大阅兵。

【光收。

1983 年

【24 年后。

【歌队营造出锣鼓喧天的场面,椅子摆满了舞台。

【三机厂的大规模拜师仪式即将开始。师父们端坐在椅子上,徒弟们纷纷给师父倒酒,敬拜师父。

【光聚焦在陈之培师父和年轻的焊工李泉兴身上。周围师徒隐去。

【陈之培师父按住李泉兴斟酒的手。

陈之培:(端详着李泉兴)龟背蛇腰兔子头,都是见利忘义之人。龙眼毒,凤眼刁,三角眼的不能交。我看你相貌堂堂,孺子可教。(给李泉兴倒上一缸子白酒,递给他)干了这杯,你就是我陈之培的大徒弟。

李泉兴:(诚惶诚恐)陈师父。

陈之培：把陈字儿给我去了。从今起你只有我一个师父。

李泉兴：师父！

陈之培：嗯，喝了！

李泉兴：我,我没喝过白酒……

陈之培：一口喝了。不许捯口换气！

李泉兴：(一咬牙，越喝越快，酒杯放下已经晕了)……

陈之培：今天这一杯是练胆儿的！有股虎劲儿，才能当个好钳工。

李泉兴：是,师父！

陈之培：当我陈之培的徒弟，得能吃苦。

李泉兴：我不怕苦。我从小在农村长大，家里穷，考上三机厂不容易。我一定好好学。

陈之培：那就好！只有吃不了的苦,没有过不了的河。机器一开，咱们三机厂和整个国防的大事儿，都在咱们的手里攥着！学艺不精，撒汤漏水，可是要出大事儿的！(拿起一根筷子掷向李泉兴)拿着！

李泉兴：(接过筷子)是，师父！

陈之培：这就是根焊条，该怎么拿？

李泉兴：(迅速找到合适位置)是！

陈之培：(自己也变出一根筷子，使出手上绝活)匀速前进，注意摆动！直线运行是基本功！往复运动要熟练稳定！地球对金属有吸引力，为了克服这种力量，要边前进边打圆弧、打折线、打斜线……

李泉兴：（入迷地跟着陈之培练习）……

陈之培：（入神地）你用心看，焊缝的肌理非常神奇！熔池里，可以观察到无穷无尽的变化。用放大镜看，有上万次的数不清的跳动！所有的焊接都会变形！只要受热就会变形！一个好焊工，要学会控制变形的程度，四毫米是生死线！

【另一光区起。陈启生身手敏捷、左顾右盼地从郑浩天家的窗户爬进屋。屋里没有人。

郑浩天：（忽然闪出，伸手抓住陈启生的脖领子，冷淡地）还没被打断腿么。

陈启生：嘿嘿，我跑得快。

郑浩天：（松开）还是回家听你爸的话，做个乖娃儿。不要来沾我的晦气。

【陈启生手脚麻利地给郑浩天掏出一瓶酒和一个饭盒来，拿出俩杯子。

【郑浩天眼睛一亮。

陈启生：这是我爸藏的酒。我还偷了一碗我妈做的红烧肉。我今儿，就是来拜您为师的。

郑浩天：（打开饭盒，闻闻味儿，咽了口唾沫）不搞旧社会收徒那套。我从不收学生。

陈启生：我知道，您就是等我呢。虚位以待。

郑浩天：口气不小。

陈启生：当您的学生，得有您的门风。

郑浩天：想当学生得考试，考过了再说。

陈启生：好说。

郑浩天：三个问题。第一个，为什么在北京毕业了却回到包头？

陈启生：包头是我家，我是包头的孩子，当然要回家。您不是包头人，不也在包头呆了二十六年？

郑浩天：第二，为什么选择军工行业？

陈启生：更好回答。军工是使命，是国家最重要、最神秘的工作！从小我就想好了，要和郑叔一样，当一个"反动"的学术权威。

郑浩天：第三个问题，为什么非找我学？

陈启生：你是三机厂和全中国的技术顶尖人物啊！我小时候就把你当成我的偶像，在军工行业里你就像大明星一样，大岛茂那种的，冷峻，有男人样儿。我在家模仿你把头发弄得乱七八糟，被我妈掐紫了都。

郑浩天：孩子，你浑身还散发着奶味儿。趁你还没后悔，我要警告你，留在北京进科研单位可以有更好的发展。这里不是摇篮，是战场，是淬火的大钢炉。它会让你筋骨断裂。想要百炼成钢，自己先得是块铁。

陈启生:是不是铁,我还不知道。但我明白,我需要这儿。我的生命是这片土地给的,不回到这儿把所有力气拼得一干二净,心里肯定发虚、发飘啊。

郑浩天:军工行业来不得半点虚假,如果没有做好准备,就别进门。

陈启生:我从不说谎,也最痛恨说谎的人。

郑浩天;(眯着眼睛打量着陈启生)知道吗?跟我学习是很麻烦的一件事情,我会折磨你的,让你生不如死。

陈启生:我不怕。

【娇小的余香凝拎着行李上,绷着小脸儿站在陈启生家门口喊:"陈启生,你出来!"陈启生紧张地跑到窗口。郑浩天趁机偷吃了一口红烧肉。

陈启生:(紧张地)哎!余香凝!我在这儿呢!你拎着箱子干什么?

余香凝:陈启生,我是来跟你告别的。

陈启生:你去哪儿啊?

余香凝:回北京!我受够这儿的风沙了。来了半年了,脸上嘴上都是口子,这个还没长上,那个就裂开了。还有你,你根本就不关心我。

陈启生:(懵了)我没!没啊!

余香凝:你有!我告诉你,我就是为了你来的,你热血上头非要回包头,我跟着你来了。可自从你回来了,根本心里就没有我了,只有那破厂区。我为什么还要在这儿!

【郑浩天看着余香凝,仿佛看到了当年的洪莲。

【回忆。光启。孩子们的笑声和惊叹声。青年洪莲从歌队里走出。

青年郑浩天:这是征服者重型坦克,这个是意大利的坦克新品种……不久的将来,咱们中国也会有自己的坦克工艺!

青年洪莲:孩子们,感谢郑浩天叔叔为我们做的精彩讲解!

【喧哗散去。

青年郑浩天:哎。

青年洪莲:我不叫哎。

青年郑浩天:那什么,我知道你名字是红莲,一朵红色的莲花。在内蒙古包头这样的地方,恐怕还没开,脸就被风吹裂了。

青年洪莲:我是洪水里的莲花。我连洪水都不怕,还怕这点风吗?

青年郑浩天:向你致敬!

【轨道上开过坦克战车模型。

青年郑浩天:(骄傲地)这是我按照历史上著名战役的格局摆放的沙盘。每天我都会摆出不一样的阵形!

青年洪莲:你真是个疯子。

青年郑浩天:面对战争,没有疯子是打不赢的。军工事业也是一样,需要我这样的疯子。

青年洪莲:你疯得还挺有意思。

青年郑浩天:你结婚了吗?你,有男朋友吗?

青年洪莲:都没有。

青年郑浩天:那么,属于我的战斗打响了。我将驾驶着坦克,向你方前进!

【青年洪莲抿嘴而笑。美丽的她在光里隐去。

【歌队里走出现实中的洪莲。陈之培跟在后头。

洪莲:(拿着根焊条)陈启生,你给我下来。

陈启生:(躲在郑浩天身后)我不!

洪莲:你亲爹亲妈都在这儿呢,不能看着你吃里爬外,把家里东西偷着抢着往外人那儿拿。

陈之培:行了,一瓶酒的事儿,老郑喝了又不是别人喝了。

洪莲:别人没事儿,给他不行!郑浩天,你别想把启生教成一个疯子。我不允许!

【陈启生灰溜溜地下来。郑浩天笑眯眯地看着洪莲。

洪莲:(对陈启生)告诉你,干军工这行可以,不许沾郑浩天。跟我回家!

陈启生:我不回家。

洪莲:为了这么个疯子,你跟我顶嘴?!

【洪莲盛怒之下举起焊条要抽儿子。

余香凝：(比陈之培还快，挡在陈启生面前)阿姨，启生这么大的人了，别当着这么多人抽他。要抽就回家抽，我帮您按着他，您可劲儿打，也帮我出出气。

洪莲：姑娘，阿姨想劝你一句，能回北京就回北京吧。

余香凝：那您帮我劝劝启生，让他跟我一起回。

洪莲：我真是巴不得他不回来。可我知道，他是不想回北京的。你跟着他，在内蒙古包头当一个兵工人的家属，纯属自找苦吃。

余香凝：您也是兵工人的家属啊，您就甘心吃这个苦。更何况，我也是兵工专业的大学生。要是陈启生心里有我，我也可以留下。

洪莲：我是来不及吃后悔药了。你还年轻，有得选。

余香凝：(一着急)我也来不及了！陈启生聪明，专业好，有才华，人又好。我……我就是喜欢陈启生，他对我冷淡也好，不把我放在眼里也好，我都喜欢他。(说了实话，自己一下尴尬得恼了)陈启生，我再问你一遍，你到底走不走？

陈启生：余香凝，我没有对你冷淡，我心里一直有你。我是怕你跟我回来，将来后悔。我不走，我也不让你走!

余香凝:好!那我也不走了。我走了,将来别的姑娘跟你成了家,我不高兴。你在哪儿我就要在哪儿!

【洪莲看着余香凝,郑浩天看着洪莲。陈启生一把拉过余香凝的手,把行李接过来。

郑浩天:(走下来)洪莲啊,别较劲了。她不走,启生也能踏踏实实留下为理想努力。你就这么一个儿子,心疼他就帮他一把。别为了过去的事儿,挡了孩子将来的路。

【洪莲掉头就走。

陈启生:老师,谢谢你帮我说情,那咱俩这师生关系就这么定了,不许反悔啊!

【陈启生拉着余香凝欢快地跑远了。

【后景,陈启生带余香凝栽下一棵橡树苗。歌队扮演的厂里其他的大学生也都种下树苗,种下他们心中的一片希望……

郑浩天:老陈啊。

陈之培:老郑。

郑浩天:我开门见山了。我想要启生当我的学生。

陈之培:你想让我说什么啊?

郑浩天:只要能留下启生,你说什么都行。

陈之培:洪莲的脾气你又不是不知道。

郑浩天:当年让你照顾洪莲,算你帮我一把。这回,你还得帮我。

陈之培:第一,我得纠正你,是洪莲照顾我。这也不叫我帮你,是你帮我。我得谢谢你成全我们。第二,洪莲是我媳妇儿,我孩子的妈,我当然要照顾好她。这么些年,我敢拍胸脯子,我没让洪莲沾过一滴凉水。换你能把她照顾得更好?!

郑浩天:行行行,一说还来劲了。回到正题,启生他是棵军工的好苗,不培养就荒了,培养不好就长歪了。我想亲自教他。

陈之培:你说这世界上我最亲的俩人,你怎么都惦记着啊。你离我们全家远点行不行?

郑浩天:(面不改色)唉,是谁非得住我楼下啊。你怕我自杀啊?发个烧你天天送饭,偷偷摸摸扒门缝看我是不是死了,逮你好几回了,自己不知道啊。

陈之培:(有点尴尬)我是怕你一个人狗屁不会,在家饿死,我还得给你收尸。

郑浩天:我谢谢你了。那把启生给我,让他替你看着我。

陈之培:(叹气)锁得住他的人,锁不住他的心啊。我这半辈子不是为洪莲活着,也不是为启生,全是为了你这个王八蛋啊。

郑浩天:我是为了什么活着呢?美!坦克大炮,那皮肤、那线条,比女人更美……咱们献出半辈子给军工事业,不就是为了让祖国更美,让每个中国人笑起来都特美吗!你也是中国人,我也为你活着。

陈之培:怪不得女人都喜欢你。你整这些骚情的词儿是把好手。

郑浩天:这叫有文化。学着点。

陈之培:启生要跟你学得油嘴滑舌了,我可拿焊条抽他。

【陈启生跑到两人中间。

陈启生:爸,你答应我了?

陈之培:(对陈启生)郑浩天是个设计天才,也是个不要命的疯子。别学他疯,学本事。

【洪莲走出,拿着围裙,瞪着陈之培。陈之培赶紧迎上去,接过围裙自己系上。

洪莲:以后这家你做主。你儿子培养成啥,跟我没有半毛钱关系!

陈之培:别,小事儿你做主,大事儿我做主……反正咱家没什么大事儿……儿子跟老郑能学到真本事,要不,让他去吧?

洪莲:(垮下脸)陈之培你个二百五!早晚跟你过不下去!早离早好!

老年郑浩天:洪莲说归说骂归骂,还是默许了。

启生很快成了青年主力工程师。1983年11月，在邓小平同志的亲自部署下，中共中央书记处专门召开会议，研究布置35周年国庆的庆祝和阅兵筹备工作。这将是1959年之后，25年来第一次盛大的国庆阅兵。为了不使路面受损，显示中国坦克工业制造技术水平的提高，中央要求参阅坦克配备挂胶履带板。三机厂接到了制造38辆79式坦克的任务。在那个年代，我和陈之培像打了鸡血一样，充满了幸福感。

【车间厂房。歌队戴上安全帽，扮演工人。机器声隆隆。

【郑浩天和陈之培神情凝重。

郑浩天：老陈，你的硬仗来了。

陈之培：（紧了紧安全帽）等了25年了。

陈启生：（跑上，递给郑浩天一封电报）……

郑浩天：（拆开，脸色变了）……

陈之培：怎么了，没事儿吧？

郑浩天：回头再说。启生，你有什么建议？

陈之培：他个乳臭未干的娃娃，这不是他说话的地方。

郑浩天：大胆说。

陈启生：……目前厂里的生产线，完成阅兵任务的生产能力显然是不足的。购买大量国外自动机床需要大笔资金,不可行;完全依靠机床精度也无法达标。我提议,为了质量,还是用手工的方式来打磨机器零部件!

【歌队中动摇的情绪四起。

歌队A:大学生刚到厂里,不了解实际情况!

歌队B:靠人力去拼,需要多少钳工夜以继日去干!

歌队C:这是不吃不喝不睡也不可能完成的任务!

陈之培:启生,你说话要过脑子。你有没有想过,这么大量的工作要是完不成任务,这个责任谁来担。

陈启生:我,您,大家,一荣俱荣,一损俱损。要是零部件达不到完美,会直接影响到阅兵的成败。那个时候,也同样是我们一起承担责任!

陈之培:(看着陈启生)你好像有点说服我了。

歌队A:这不是帮儿子进步的时候。

歌队B:完成不了任务,大家可要吃不了兜着走!

歌队C:郑工,需要您拿意见!

歌队:您是权威,我们听您的。

郑浩天:六级钳工的精度高于95%的自动机床,八级钳工就是一个工厂的宝贝,横扫一切自动机床。你们每一个人都是三机厂的骄傲。时间紧张,任务重大,不可出错,这是一件艰难的事情。但启生说得对。

我们只能背水一战,别无选择!这关乎三机厂的荣誉,关乎国家的形象。从今天开始,你们二十四小时都能在厂房里找到我。配合生产,随时调整方案。当方阵通过天安门的时候,我们的血和汗会在太阳底下闪耀光芒!

【沉默。随着郑浩天的话,汉子们的荣誉感被唤起。

陈之培:泉兴!

李泉兴:师父,我在!

陈之培:拼命也要拿下!

李泉兴:放心吧,师父!

歌队:师父,我们都在!

【舞蹈化的处理。陈之培带领以李泉兴为首的焊工们,夜以继日攻关。台上火花四溅,焊工们手拿焊帽手持焊条,不辞辛苦地用手焊的方式来打磨零件。他们艰苦而充满激情地工作着。动作充满粗粝的美感。肖邦的练习曲在天地之间激荡。

【李泉兴做着舞蹈化的动作,显得分外凝重。他呼吸越来越粗重。歌队挥汗如雨。

【舞台上灯光明暗之中,时间流逝……

【车间里,由歌队组成的工人们动作越来越整齐划一。李泉兴的动作却开始凝滞。

陈之培:泉兴,你怎么了?

李泉兴:没事儿,师父!

陈之培:你眼神儿不对。

李泉兴:没事儿,师父……

陈之培:到底怎么了!

李泉兴:我睁不开眼睛……

陈之培:你给我盯住了!别走神儿!!

【话音刚落,李泉兴手里的焊条飞了出去。

【音乐戛然而止。焊工们停滞了动作。李泉兴也吓傻了。他连滚带爬地碰到了机器的下挡板控制键,传送带托着李泉兴的胳膊,机器卷着李泉兴的手往纵深推去。

【时间仿佛拉长了。陈之培本能地去救李泉兴。

郑浩天:快断电!

【陈之培不顾一切地把李泉兴推开。惯性把陈之培的手卷了进去……

陈启生:(不顾一切地)爸!!(悄无声息,仿佛他的呐喊被这一刻吞没了)

【光暗。洪莲不顾一切地跑上来。拨开围观的歌队。

洪莲:老陈,你不要怕,有我在呢!

【歌队扮演医护人员,只有一片安静中的手术刀剪之声。处置抢救后的一片安静。

陈启生:(哭了)……

洪莲:(脸色苍白)别哭,孩子。坚强点儿。你爸他没大事儿。

陈启生:是我提议用手焊的。是我害了我爸。

洪莲:你爸太累了,需要休息。你也好好睡一觉吧。

【老年郑浩天身上光启。

老年郑浩天:老陈啊,你有没有后悔过。焊工的手,比男人的命根子还宝贝。

【躺在病床上的陈之培身上光启。

陈之培:泉兴呢?他手没事儿吧?

【李泉兴身上光启。

李泉兴:师父,您的手……(悔恨自责)您为什么要救我啊,您的手比我的金贵啊……

陈之培:没事儿就好!师父再强,早晚得有抓不住焊条的那一天,到时候三机厂就靠你们了。儿子,别担心。今天的事儿,只怪我头脑不清楚,应该先断电。我是带队的人,有事故,我担着。

李泉兴:师父,我……我没脸见你。我满脑子都是那天的事儿,我三天没有睡觉了……我没那么坚强,溜号了……我不知道怎么才能弥补。我想辞职,离开三机厂,等我有了出息,我回来给你养老。

陈之培:你放屁!我白收你这么个徒弟!你给我打起精神冲上去,你不是自己一个人,是带着你师父一起!

【李泉兴一个激灵抬起头。隐去。

【郑浩天身上光启。他拎着营养品。洪莲冷着脸坐到一旁。

郑浩天:怎么蔫了?

陈之培:想着厂里的活儿,心里上火。

郑浩天:放心吧,天塌不了。(拿出一个信封)看病肯定花了不少钱。还得有段日子养养。我一个人没有开销,入个伙。

陈之培:(敏感地)你觉得我残废了,以后也丧失劳动能力了,怪可怜的。对吗?

郑浩天:我是想趁你在家休息,来吃红烧肉。平时你老不在,我自己来不合适。

陈之培:郑浩天,咱俩认识这么多年,你有必要跟我装吗?我告诉你,我陈之培不是靠手才当上三机厂的技术骨干,我是靠我的脑子,靠我有毅力,靠我比别人勤奋!我不用你可怜,把钱拿走!

郑浩天:你怎么这么死心眼啊?!

陈之培:我乐意!我知道你一直觉得我不如你。你文化水平高,长得精神,留过洋,是三机厂的高级专家,我就是普普通通一个焊工,你的跟屁虫。是不是?

郑浩天:不是!

陈之培：是！我喜欢洪莲，洪莲喜欢你，所以我跟着你屁股后头转。洪莲来找你，我就在旁边不走。你不想跟洪莲结婚，我高兴得快疯了……我娶了世界上最好的姑娘，我要把日子过得比你强一百倍。我心里嘲笑着你，开始了我的新生活。可我特别绝望地发现，洪莲心里一直都有你！就算你拒绝了她，她还是觉得你比我好！

洪莲：陈之培你混蛋！

陈之培：好吧，我是处处不如你。我总觉得有翻身的机会，现在彻底没有了。你嘲笑我吧。要是洪莲愿意，你们也可以重新开始……

洪莲：陈之培，你拿我和郑浩天当什么人了？你给我听着，过去的，都留在过去了。你在我那么困难、没有尊严的时候愿意跟我成家，我永远记在心里。日子一天天地过，攒在一起有多重，咱俩心里都清楚。你工作努力上进，在家脏活累活抢着干，还容忍我的臭脾气，这就是我和启生最大的福气。我一点都不后悔。

【陈之培把脸背到一边，抹了一把眼泪。

洪莲：(把钱塞回郑浩天手里)钱你拿走。我们自己想办法。

陈之培：谢谢你来看我……劝人我也会，那是没轮到你身上。你走吧，厂里还需要你……洪莲，我累了。

【郑浩天下。他走到厂区的一个角落,从怀里掏出电报。

【陈之培家。

洪莲:也该我伺候你啦。

陈之培:我老是想起年轻时候那个大雨天,郑浩天跟我说,好好照顾洪莲。我当时想,这还用他说,我一定会的。可现在我变成这样。我连老郑都亏欠着呢。

洪莲:咱们不提他了,好吗?

陈之培:好。

【俩人静静地靠在一起。

老年郑浩天:"母病,速归。"十天后,母亲永远地离开了我。这封电报,我一直留在身边。在这几十年里,我不敢轻易打开它。因为每看一眼,都像有无数根针扎进我的胸口。那些没日没夜工作的日子,面对着工友们,我无法选择拔腿就走,也只有用工作去麻醉自己。没能去见母亲最后一面,这是我终生的遗憾。

【郑浩天哭了。老年郑浩天走过去,宽慰地把手搭在他肩膀上。

陈之培:洪莲。

洪莲:干什么?

陈之培:让徒弟们来把我的病床搬到现场,我要看着泉兴他们,手不行了,眼睛还行,嘴还行!不让我看见,我死都不闭眼!

【肖邦的《革命练习曲》渐渐起。歌队围拢,推陈之培病床。李泉兴擦干眼泪拿起焊帽归队。

陈之培:徒弟,靠你了。

【李泉兴点点头。

陈之培:匀速前进,注意摆动!打圆弧、打折线、打斜线!

李泉兴:(仿佛回到了最初用筷子入迷地跟着陈之培练习的时候,他安静下来,变得稳健)……

陈之培:你用心看,焊缝的肌理非常神奇!熔池里,可以观察到无穷无尽的变化。用放大镜看,有上万次的数不清的跳动!所有的焊接都会变形!只要受热就会变形!一个好焊工,要学会控制变形的程度,四毫米是生死线!

【李泉兴渐入佳境,歌队也跟随他的节奏,那个兼具力与美共举的团队重新回来了。

陈之培:到了!反变形!逆向焊接!

【一片安静!

【时间和动作再次被拉长变形。李泉兴和歌队在安静中喜不自胜,激动不已,他们和陈之培含泪拥抱在一起……

【大屏幕影像。1984年10月1日,国庆阅兵,北大学子举出标语"小平你好"走过主席台……

【陈之培和洪莲、陈启生、余香凝望着大屏幕。

老年郑浩天:(身上光启)1984年10月1日,三个新型挂胶履带坦克方阵通过天安门广场,接受党和国家领导人的检阅,向全世界展示了中国坦克制造业的实力,奏响了震撼世界的中国坦克进行曲,也掀起了保军保民、二次创业的浪潮。我又一次在三机厂派出的保障队里,侧耳听见几公里之外天安门的欢呼声。这一次,我身边少了陈之培。但我觉得,他就在我身旁。

【老年郑浩天身上光收。

1998 年

【光启。噼里啪啦的鞭炮声里,歌队把三机集团的金光闪闪的牌匾挂上,替换了风吹雨打的三机厂牌。

【陈之培在家里翻着厚厚的与技术相关的书。洪莲上。

洪莲:书皮我都给你换了几十遍了,还看不烦啊。

陈之培:烂熟于胸,熟是熟了,还不够烂。

【李泉兴拎着瓶酒来了。

李泉兴:师父。

陈之培:(熟练地戴上白手套,遮住残缺的手指)有事儿?

李泉兴:啊……没有。今天我跟您一醉方休啊。

陈之培:洪莲啊,去那屋帮我找找花镜啊。

【洪莲会意下。

陈之培:说吧。你小子那憋屈眼神,我看明白了。

李泉兴:师父,咱厂转企挂牌了,敲锣打鼓,都说是好事。

陈之培:嗯。

李泉兴:厂里的决定,我不敢说好不好。可我知道,让人丢工作砸饭碗,不好!

陈之培:嗯?

李泉兴:我带的组紧跟着挂牌,得到了一个下岗指标。说是必须执行。您说这叫什么事儿啊!我能不憋屈么。砸谁饭碗谁不急啊!

陈之培:必须走一个人?

李泉兴:说是减负,轻装上阵。每个组都分到一个名额。其他组有末位淘汰,痛痛快快就交了名单。咱们组那都是好样的,让谁下岗我都心疼啊!那是割我的肉。

陈之培沉默片刻:那就我吧。还剩一年我就退休了。就早一年嘛。

李泉兴:(大惊)师父!您别闹了,您是工伤,厂里不养谁也得养您一辈子!

【洪莲从屋里怒气冲冲地出来。

洪莲:你疯了吧?你下岗之后什么都没了,我一个人养咱俩的老，有个病有个灾的我哭死都没有用啊！

陈之培：年轻一代需要工作机会，将来军工事业还需要他们不断贡献力量。

洪莲：那你一辈子白干了？临退休了下岗，那是厂里在你一辈子的功劳簿上打了个大大的叉！

陈之培：培养一个工人不容易，一个萝卜一个坑。马上又要大阅兵了，还有很多新的技术难题要解决……国家有困难，需要咱们个人挺身而出。我一个残疾人，一直受国家和厂里的照顾，现在是回报的时候了。

【洪莲气结，把手里的茶杯砸在脚下。光收。只剩李泉兴身上的光。

【李泉兴心事重重地走进陈启生的办公室。

李泉兴：启生……

陈启生：我听我爸说了。泉兴，你是我爸的大徒弟，你这组都是他带起来的，他希望你们都能好。

李泉兴：我不能这么做。

陈启生：你就听他的吧。

李泉兴：我……启生，我跟你说实话吧，厂里是让我下岗……新的焊工力量上来了，咱厂不缺人。他们都是技校毕业的，脑子快，学东西快。不像我，没上过什么学……领导说，为了节约成本，这是转型中的阵痛……我舍不得这份事业,我不想走……我就去找师父了,这些年有点什么事儿我都会跟师父说,我不是成心的,我不想让师父下岗……

陈启生:泉兴,我爸最疼你。拿你当自己儿子。他就算知道这些,也会替你去的。

李泉兴:我对不起师父。你劝师父别管了,我去找领导,再求求他。

陈启生:我爸决定的事儿,九头牛都拉不回来。我连一头牛都算不上。你就听他的吧。

【洪莲身上光启。

洪莲:绝对不行!启生、香凝你们俩给我回来!劝劝你爸!

【余香凝实验室光启,她现在是个成熟稳健的知识女性。

余香凝:妈,这件事儿,咱们拗不过爸。

陈启生:我明白我爸的心思。如果我是爸,我也会这么选择的。爸,你放心吧,将来我和香凝养你和我妈。

【洪莲气结。

洪莲:你们是一家人,就我落后是不是!你们忘了你爸当年惨成什么样了,他从来都没放弃过这份工作……

【洪莲的回忆。歌队把雪糕箱子和一摞书放在陈之培面前。

【陈之培抬起头。

陈之培:雪糕……喀喀……

洪莲:老陈,你跟自己说话呢?

陈之培:我嗓子痒痒……没想到这么难啊……

洪莲:难什么难?再难难得过住院那段儿吗?难得过给闺女交不起校服钱,又张不开嘴跟亲戚借钱吗?

陈之培:(看看自己的手)是我没用。

洪莲:(把一本书塞到他手里)你现在是理论实践两手抓的大专家,只管看你的书。我来。雪糕!巧克力的两块,牛奶的一块八!

【歌队扮成二人的亲朋好友们,都乔装打扮着来买冰棍儿补贴他们。

顾客A:我来十根儿。

洪莲:(又像在戏里又像在戏外,揶揄地)您吃得完这么多吗……

顾客A:我最近减肥,就只吃雪糕。

顾客B:我一样来俩。(帽子掉了)

洪莲:哎,你不是我班上学生的家长吗……

歌队B:看错人了,我长的俗……(仓皇戴上帽子走了)

【一时间顾客络绎不绝。洪莲感动得不行。

【陈之培目送他们离开,低下头还是默默地在看书。

洪莲:(一时高兴一时难过)今天卖了两百来块钱,要到什么时候才能还上债……

陈之培:(安慰地)我一定会回到工作岗位上的。其实,我一直都在练,现在我能叼着焊帽坚持俩小时了……

【洪莲看着陈之培,眼圈红了。

老年郑浩天戴上帽子:哎,这剩下的半箱,我都要了。

洪莲:您干吗啊,不怕拉稀啊?

老年郑浩天:(拿出信封塞给洪莲,洪莲看见信封愣了)拿着吧。冰棍儿,给启生和他那帮小同学吃。

【洪莲愣着目送老年郑浩天,她似乎感知到穿越的另一个空间。

【洪莲回到现实中。

洪莲:香凝啊,你有没有后悔嫁给启生?

【余香凝在实验室里,光启。

余香凝:有啊。每年后悔好几次,每次后悔五分钟。生完孩子更后悔,每次得后悔二十分钟左右。孩子生病没法照顾的时候最后悔,不知道应该埋怨启生还是埋怨自己……但是研究一有进展,就忘了后悔了。十年过来了,也就不后悔了。妈,您和爸风风雨雨这么多年过来,估计好多次都想掐死对方,但这就是夫妻啊。您知道爸的性子,他从来都把您捧在手里,可工作上的事儿,倔着呢……

【歌队里跑出余香凝小学四年级的女儿阳阳。她一眼不看余香凝,跑向洪莲。

阳阳:奶奶!给我做什么好吃的啦?

洪莲:阳阳啊,等你爸你妈回家一起吃好不好?

阳阳:我妈肯定不会回来的。您甭等她了。

余香凝:阳阳,功课做了没有?感冒好了吗?

阳阳:(干脆地)妈,您这么多年管过我吗?我劝您少操心吧!

【余香凝忧心忡忡。摇摇头,埋首实验。她和阳阳身上的光隐去。

【洪莲左思右想,走向正在听肖邦、摆模型的郑浩天。

洪莲:郑浩天,你得管这事儿,劝劝陈之培。

郑浩天:(慢条斯理)陈之培那是头倔驴,劝他可太难了。

洪莲:陈之培是最要脸的人。这件事儿他做出多大牺牲我心里清楚。你得拉住他。

郑浩天:要是只有一个人能劝动他,这个人还就是我了。可他不一定愿意看见我。或者说,他不承认自己想看见我。我就不主动找他,我憋死他。

洪莲:这么多年了,你俩谁还不知道谁啊?你就当给我个面子。

郑浩天:我不去。

洪莲:算我求你。这么多年我第一次求你……我欠他的。他对我很好,可他对我越好,我心里越难过。

郑浩天:就像我亏欠你一样。我再怎么,也是还不上。

【沉默。

洪莲:就欠着吧。

郑浩天:好像也没别的办法了……不过我还有一个条件。

洪莲:你说吧。

郑浩天:(理直气壮)你得给我专门做顿红烧肉。我不吃蹭来的。

洪莲:……这么多年了,你还是一个人,老了老了,连口热饭都吃不上。要不是离得近,你会不会饿死啊?

郑浩天:反正你们去哪儿,我就跟着去哪儿。别想把我甩开。

洪莲:现在我相信了,你不是不想娶我,是不想娶任何一个女人。

郑浩天:是啊,是啊。(用力想了一想)说起来,我就只爱过你一个女人……所以,我得时刻看着陈之培,你们过得好,我才放心。

【二人沉默。

郑浩天:我说什么了?我什么都没说。我去劝劝陈之培。

【郑浩天拎了瓶儿酒,乐呵呵地去找陈之培。

【陈之培家光启。

陈之培:拎酒了啊。看来是黄鼠狼给鸡拜年来了。

郑浩天:两只老得掉毛的黄鼠狼和鸡,整两口。

陈之培:你是洪莲派来的吧?

郑浩天:吃了人家的红烧肉,就得给人家办事儿。就一句话,你不要抢着下这个岗。

陈之培:让谁下?启生和香凝都在主持项目,我的徒弟们个个都是好样的,干活儿不软。你我这个年纪也该功成身退了。

郑浩天:我也是这个意思。我这吊儿郎当的,刚好给严格管理制度做个示范。所以我去跟领导说了,这个指标给我。

陈之培:你别添乱了。

郑浩天:咱俩一样,都差一年。我下岗了也不妨碍我工作啊。

陈之培：你郑浩天是立过汗马功劳的总工，你下岗？你下岗全公司都乱套了！

郑浩天：你是大师，你更不能下岗。你下岗对工人们影响有多大，用脚趾头都应该想通的事儿。我有陈启生接班，不怕。再说我一人儿吃饱全家不饿。你们能不管我饭吗？

陈之培：（急了）你怎么耍臭无赖呢！

郑浩天：我就无赖了，你能把我怎么的？我还明告诉你，来找你前，我已经去公司找过领导了。作为老党员，我下岗，也能起带头作用。

陈之培：我把话撂这儿，领导班子肯定不能同意！他们要是同意，他们就犯错误了！

郑浩天：是死活不同意，那又怎么了。不同意我就辞职！我身上带着辞职报告。我复印了十份。

陈之培：（看着郑浩天，哭笑不得）我真是服了你了。

郑浩天：世界是年轻人的，他们前头路还长呢。荣誉是你老陈的，你是个爷们儿，重新回到岗位上，技术比赛年年第一，还带了那么多徒弟。你必须光荣退休。红烧肉才是我的……明年的阅兵，集团的任务是要出军事新品，你坐镇，我放心！我对组织提要求了，希望能让我去北京看一次阅兵。我自愿下岗，这是我的光荣。

【大屏幕影像：1999年10月1日，国庆阅兵，江泽民讲话……

【歌队敲锣打鼓。队伍里走出领导。

领导：郑工，感谢你啊。（为郑浩天戴上大红花，热烈握手，不放开）在各个时期你都是咱们厂的光荣和表率啊！

【肖邦的《革命练习曲》奏响，郑浩天看着雄壮的队伍，慢慢摘下头上的安全帽。

老年郑浩天：这一次，我还是没能去成阅兵仪式。作为下岗职工，我自己买了张火车票去了北京，阅兵仪式当天，是我六十岁的生日。站在长安街边上，回想起我这六十年，我觉得特别自豪。集团制造的军事新品组成了三个方阵，浩浩荡荡地通过天安门……这也成了我生命中的仪式。

【光收。

2008 年

【光启。《北京欢迎你》的音乐隐约衬底。
【李泉兴的大师工作室挂牌成立仪式。
【李泉兴西装笔挺。大徒弟彭海洋在旁边张罗着。陈之培、李泉兴、洪莲都来庆贺。

彭海洋：师爷，您坐中间！

陈之培：不行不行，我不能倚老卖老。泉兴今儿收徒，我就是来助个兴。

李泉兴：师父，没有您哪有我啊？

洪莲：你就听你师父的吧！不然他又生气，倒霉的是我。

郑浩天：你们都不坐，我可坐了啊。直直腰。

陈之培：你滚一边去，哪都有你！哎，你那出息学生呢？陈启生怎么没来？

李泉兴：启生看不上咱们收徒这旧社会做派。您没看我都穿西装了吗？与时俱进。

陈之培：(喜气洋洋地)老郑啊，收起你那资产阶级知识分子的嘴脸。我们手艺人，讲究传承。不仅你不懂，你还影响我儿子的思路。你这不对啊。

郑浩天：你少来劲啊。这都几点了，你那徒孙还来不来啊。不是反悔了吧……

【王西被爷爷押着上。他穿着运动鞋，大肥裤子，帽衫。爷爷身上还系着围裙穿着食堂的工服。

王西：您别拧我胳膊啊！您还让我学焊工，拧脱臼了我可没法学了。

王西爷爷：你少跟我这来这套，这都是我玩剩下的。小时候你太爷爷让我学白案，我压根就不想当厨子，怎么着了，吊起来揍！你就欠这个，觉得我不敢是不是？我这手法是抻面的手法，别找我抻你啊。

王西：您先松开，我整整衣服，待会拜师发型都乱了。

【到了门口，王西爷爷松开。王西撒腿就跑，爷爷脚下使绊，王西摔进屋里，扑到李泉兴面前，直接跪下了。

郑浩天：这徒孙太虔诚了。还是你们传统拜师热闹啊！

王西爷爷:(胜利地)李师父,我把孩子交给您了。我还得赶回食堂给大伙儿做饭去呢!

　　【彭海洋讥笑地看着王西。

　　【其余人身上光收。只留彭海洋和王西。王西换上工服,不满意自己的形象,苦闷地站起来。

　　彭海洋:哎,你这个软蛋。

　　王西:(看着彭海洋)你说谁呢?

　　彭海洋:你啊!

　　王西:你再说一遍。

　　彭海洋:你想欺师灭祖啊。我是你大师兄你知道吗?我要是孙悟空,你就是猪八戒。你穿的什么啊?这裤裆都快到脚面了,早晚被焊机搅进去。

　　王西:(冷冷地看着彭海洋)……

　　彭海洋:动手啊!我就知道你不敢。

　　王西:(一下子把腿踢到彭海洋鼻子尖那儿,见彭海洋吓得一愣,冷冷地)我答应过爷爷,不再打架了。

　　【王西扬长而去。彭海洋傻了。

　　【王西冲歌队——车间里一群青年工人吹口哨。

　　歌队A:干吗啊?

　　王西:平时下了班你们都干吗啊?

　　歌队B:不干嘛啊。

　　王西:没劲。会跳街舞吗?

歌队C:电视里看过。

【王西拿出一只滑板,跳上去穿过舞台。他随着热烈的音乐开始跳街舞,十分帅气。

【青年工人们完全被他震住了。

【歌队中走出陈阳阳。

陈阳阳:王西?

王西:(吓了一跳,摔在地上)……

【青年工人们嘻嘻哈哈笑起来。

陈阳阳:真是你?

王西:不是我!

陈阳阳:初三六班的王西,别装了,就是你!你不是去考舞蹈学院了吗!

【王西捂脸,恨不能遁。

【彭海洋带着两个壮汉青工出现了。

彭海洋:(气粗多了)王西,你给我听着!你是来学手艺的,不是来搞文艺的,文艺青年造不了坦克。生产区是安全重地,一不留神就出事故,你自己不想活,不要连累别人!你这种成不了气候的软蛋,我都懒得捏你。赶紧滚出我的视线!

【王西不甘示弱,一拳就打上去,俩人打成一团。壮汉青工拉偏手儿。青年工人们也冲上去起哄,车间瞬间炸成了一窝蜂。

【李泉兴上。

李泉兴：我看谁再动手！都他妈给我靠墙站着去！

【歌队和彭海洋、王西站成一排。

李泉兴：(挨个骂)反了你们了！王西！到底想不想学！能不能干这行！

王西：……

李泉兴：怕苦怕累当不了焊工。滚蛋吧！拜师酒就当没喝过。

王西：我不怕苦,也不怕累！

李泉兴：那为什么?！

王西：我怕脏。焊工一天下来太脏了,里三层外三层,一身透汗一身泥。

李泉兴：(看着王西,发现王西似有苦衷)……

王西：这就是我不想来的原因。我会觉得自己很恶心。

【其余人身上光收。

王西：我爷爷特别想让我来。我不想让他难过。我就准备了一下……考试有窍门。我脑子好使,就考上了,想着混一段时间再溜。可爷爷看我考上,高兴极了,提出让我拜师,说只有拜师了,将来在行业里才有前途。

李泉兴：回吧。这行不下决心,干不了。我跟你爷爷说说情,你就不用在这儿遭罪了。

王西：我得留下。我拜过师了。您跟我之间，是有过承诺的，不一样了。再说，拜师拜谁，我是研究半天，自己选的您。

李泉兴：我倒想听听，为啥？

王西：因为您是对机器人焊接技术有兴趣的人。这样的人不多，我就是奔着这个来的。

李泉兴：（眼睛亮了）你怎么看机器人焊接这件事儿？

王西：我认为，随着未来的科技发展，机器人将要取代一部分手焊，这样一个时代必将到来，人工技术会没落。理智接受和积极研发是唯一的出路。

【李泉兴看着王西，有些震撼。

李泉兴：你知道吗？到目前为止00级的平面只能依靠人的手磨出来，没有任何一个自动机床能达到这样的标准，哪怕用德国5轴联动CNC机床加工，到一定工作周期也要靠人工来校正误差。在可以预见的未来里，机械加工领域可以达到精度最高的方式仍然会是手工。

王西：那就要看谁会留下。人发明了机器，又去跟机器较量。那一定是一场残酷的淘汰。

李泉兴：我希望你能尽量留到那个时候做个见证。小子，机器人大赛要开始了，有没有兴趣参加？

王西：（眼睛亮了）太有了！师父！

【歌队模拟机器人操作,王西在其中的一段街舞,与机器人互动,长袖善舞。

【王西操作机器人,夺得了比赛的头筹。

【李泉兴为王西鼓掌。彭海洋愤恨地扭头下。

【余香凝实验室里。光启。

【余香凝站起身,忽然莫名晕倒……救护车声由远及近,歌队扮演的医护人员为余香凝检查。陈之培和洪莲陪在一旁,焦急等待。

【陈启生赶到。

陈启生:大夫,我爱人怎么了?

歌队A:你是她爱人!怎么这么不关心她?立即住院观察。她不能再工作了。

陈启生:(懵了)可是单位离不开她啊。

歌队A:你能不能离开她?都什么时候了还让她上班!要钱不要命啊!

【病房。阳阳在给穿着病号服的余香凝削苹果……

【大屏幕上。播音员在播报新闻:"近三十项军工科技成果登上奥运舞台,奥运火炬、比赛用枪、装甲防暴车……",声音淡出,歌声响起:"我家大门常打开,开怀拥抱天地……"歌队群众围观,啧啧称赞。

余香凝:(入神地看着,兴奋地)阳阳你快看,真美啊,科技可以这么美。哎,你有没有一种幸福感?你说嘛。

陈阳阳:妈,你不要这么孩子气好吗!

余香凝:我好不容易趁生病跟我闺女撒个娇。来,跟妈交交心。

陈阳阳:妈,我自己毕业以后,不想再干军工这一行了。

余香凝:为什么? 不能从事自己的专业,多可悲啊! 我担保你将来会后悔的。

陈阳阳:这个行业的人不适合家庭生活。我要是真的也干了这一行,你们病了,我是没法及时赶到的。那你们怎么办?

余香凝:妈妈可以自己照顾自己啊。

陈阳阳:您都把自己照顾成这样了。我爸也是能凑合。咱们家三口人一礼拜说不到十句话。你俩的结合啊,就是为单位多提供了两名先进工作者。生我纯属多余。

【余香凝竟无言以对。

【病房外。

歌队 A:患者的心脏要尽快手术,可能还有百分之十的机会。

歌队 B:长期疲劳已经使她的体力严重透支。

歌队 C:她的体检报告提示她要去医院复查,她根本就没有重视。

歌队D:手术有风险,你们家属积极配合治疗的同时,得有心理准备。

【陈启生傻了。他埋下头,再抬起时飞快地胡噜了一下满脸眼泪。

【病房里的阳阳仿佛同时听到了大夫的话。她也僵住了。

【陈启生回到病房。阳阳低下头跑了出去。

余香凝:(幸福地)今天我闺女给我削了一个苹果。

陈启生:(看着余香凝的脸,自责地)要是当时你没有跟我来,现在你应该在北京,在最好的环境里搞研究。我特别后悔。

余香凝:(哧地一笑)三十年了,我从来就不知道什么叫后悔。启生,我觉得心里特别踏实、特别好,这是你给我的,是阳阳给我的,是这份工作给我的。等项目结束了,阅兵之后咱们好好休几天假,咱们三口人还从来没有一起出过包头呢。

陈启生:大夫跟我说,你得做个手术,做完恢复了就没事儿了……我请假陪你吧。

余香凝:哎呀不用,小毛病。你别为我请假,单位多忙啊。待会儿就回吧,啊?

陈启生:手术得尽快。

余香凝：(淡定)不可能。甭管什么手术,大夫都给开起码一个月的假。可就算躺三天都火上房了,我的研发项目不能停。

陈启生：休息是为了更好地工作。你不是小孩子了,这个道理你应该懂。

余香凝：我懂。可这是我自己的选择啊。你一直尊重我的,对不对？

陈启生：香凝,我求求你了。不能等。

余香凝：(猜测)……启生,是非常严重的病吗？可能会……死？对吗？

陈启生不敢直视她。

余香凝：咱俩结婚那天起我就说过,要坦诚,说实话。

陈启生：百分之十的希望。手术必须做,天塌下来有我。我陪着你。

余香凝：(舒口气)……百分之十。好吧,任何一件事都没有百分之百。只要你找到人来代替我,我答应你尽快手术。

【钟表嘀嗒嘀嗒地走着。

【陈阳阳一口气跑到医院一隅,痛哭起来。

【王西拿着水果,他看见陈阳阳,有些难过地站在那里陪着她。

王西：你哭吧,哭吧。

陈阳阳：我一点心理准备都没有……我一直觉得我的家不像个家，我爸妈也不常在一起。我爸一工作起来谁都想不起来……我对我妈一直冷冰冰的，她说往东我偏往西，从小就这样。我就是想让她多走出实验室回家，多关注我……我现在特别后悔……我怕我没有机会对她好了。

王西：多陪陪你妈妈吧。阳阳，我一直挺羡慕你的，我从来没见过我妈妈，生下我她就离开了家，整个小时候我都在想，一定是自己生出来就不好看，不讨人喜欢，我妈不喜欢我，才离开的。我跳街舞也是希望有一天妈妈能够看见我演出，就会来找我……

【陈阳阳哭得更厉害了。王西宽慰地搂过她的肩膀。

【李泉兴家。还是拜师的那间屋子。彭海洋西装笔挺，拿着个公文包。陈之培坐中间，李泉兴坐旁边。

彭海洋：我想了很久，决定来跟您告别。

李泉兴：走哪儿去啊？

彭海洋：我……有个公司想挖我，薪酬是现在的五倍。

李泉兴：好事儿啊。说明我徒弟值钱，身价高了。那你是去啊还是不去啊？

彭海洋：我……我想去。

李泉兴:我这儿饿着你了?

彭海洋:没有。师父对我恩重如山。

李泉兴:我让你受委屈了?

彭海洋:……

李泉兴:呦,还真有委屈。说不出来今儿你就别出这门。

彭海洋:师父,我不明白,王西这种顽劣之徒,您居然把那么重要的机器人项目交给他。我这几年拼死拼活努力学艺,伺候师父,却得不到师父您应有的重视。他算个什么东西?

李泉兴:那就滚!心眼儿比针鼻儿还窄的东西,不配当我徒弟,更不配当你师爷的徒孙!

彭海洋:师父,您打我骂我都行,我想好了。现在有人重视我,说明我没那么差,我有价值。我就是要证明给您看看!

李泉兴:(气得大动肝火)从今天开始,你不是我徒弟!逐出师门!

陈之培:泉兴啊,别动气。我看得明明白白,海洋也是个要劲儿的人。年轻气盛,再过几年他就成熟了。可现在呢,自己有了想法,有了本事,想出去闯闯,也是好的。

彭海洋:师爷!我……

陈之培:去吧,孩子,我们这代人和你师父这代人,都是在单位里从一而终的。就像结了婚,就没想过离。你们不一样。多见世面,也许就能走出一条跟别人不一样的路。别忘了回家怎么走就行。(挥挥手,从容地缓下)

【彭海洋拜别师父李泉兴,李泉兴扭过头不看他,彭海洋又来到李泉兴面前行礼,洒泪而别……

【郑浩天家。光启。陈之培和洪莲心事重重地对着郑浩天。

陈之培:老郑啊,今天来,是专门想请你帮忙,替香凝,替三机厂把研发项目主持完。

郑浩天:要不是这事儿,香凝的病情,你们还打算瞒我到什么时候。

【洪莲眼圈红了。

郑浩天:你们到底是怎么当老人的?

陈之培:(自责地)这孩子工作起来没日没夜,见不到人,比男的还拼命。她是我们老陈家的骄傲啊!可我们,没照顾好香凝啊。

郑浩天:一个北京丫头,为了陈启生,跑到这儿一扎几十年,愣成了三机厂最好的女工程师,跟陈启生俩人比着玩命干工作。陈启生这个傻小子,该放手不放手,算是把人家给耽误了,结什么婚!你看我就不结婚!我真替余香凝打抱不平!

洪莲:(急了)这会儿了你说这些有意思吗？你一个单身汉,孤魂野鬼的太不懂人事儿了！

郑浩天:(触痛)是啊,我是孤魂野鬼,不懂人事儿。父母临终的时候我都没能在身边……我不孝啊……他们多少次问我,要不要去国外找他们团聚,我说等完成这个任务,现在忙,太忙了……我再也没有机会了,生命开始倒数了……可是余香凝她还年轻啊！她还有机会！

洪莲:这么多年,她回家的次数用一只手就数得清了。总说路上太耽误时间,耽误工作进度。我猜,是怕自己回到娘家,又待不了几天,走的时候难受……

陈之培:阳阳也是在姥姥身边长大的……我们这对亲家,把所有的后顾之忧都给解除了。

郑浩天:咱们拼死拼活,是为了能给更多的孩子解除后顾之忧,让他们过得更好啊……咱们还能折腾这把老骨头的时候,他们却要面对人世间这些艰难和痛苦,我这心里头不是滋味啊……

陈之培:军工不是一代人能够干成的……咱们都得有这个心理准备。骂也骂了,帮不帮香凝,帮不帮启生,帮不帮三机厂,你给个痛快话吧。

郑浩天:你不用给我扣帽子！你个老东西！我就是对你有意见！为什么不早来找我！

【陈之培难过。

洪莲：老郑，我不是你们军工人，但我教的是军工人的孩子。教他们看书认字，懂事做人。"理想"这个词的分量有多重，他们从小就明白。我看着你们折腾，陪着你们折腾，几十年过去了，我也明白了，种什么树长什么果。香凝，启生，他们病了疼了，咱们也老了，可只要还没倒下，就还能给他们照个亮。你们继续折腾吧，我给你们当老妈子！

【郑浩天从歌队手里拿过自己的工服穿上，焕然一新。他满脸肃穆地戴上安全帽。

郑浩天：跟香凝说，有她郑叔在，放心动手术。郑叔等着她健健康康地出来。

【医院。余香凝手术室的灯亮了。家人们在焦急地等待……王西也来陪着阳阳……

【歌队扮演医护人员，手术刀飞快传递着。

【其余人身上光暗。陈启生留在光里。

余香凝（坐起来）：陈启生，我是来跟你告别的。

陈启生：你去哪儿啊？

余香凝：回北京。可我舍不得你。

陈启生：我不让你走。

余香凝：你对我冷淡也好，不把我放在眼里也好，我都喜欢你。

陈启生：香凝！

【洪莲、陈之培光启。

洪莲:香凝啊,你有没有后悔嫁给启生?

余香凝:有啊。每年后悔好几次,每次后悔五分钟。

【阳阳光启。

余香凝:……阳阳,妈妈自己会照顾自己。放心吧。

阳阳:妈妈。

【时间嘀嗒嘀嗒的流逝着,铿锵有力,冷酷无情。

【手术室的灯灭了,舞台上一片漆黑。

阳阳:妈妈!

【光再起时,歌队轻轻唱起:"叶子从白桦树上落在肩膀,它就像我一样地离开了生长的地方。和你在故乡的路上坐一坐,你要知道,我会回来,不必忧伤……"

【大屏幕影像:2009年10月1日,国庆阅兵。

老年郑浩天:2009年10月1日,在共和国60华诞的大阅兵方阵中,集团研发制造的新一代主战坦克和步兵装甲突击战车等五种产品组成五个方阵,又一次接受了党和人民的检阅。这其中,有香凝研发的重大贡献。香凝走了,她终于可以回到北京,那个她从小长大的地方。我想,她应该能看到这一切。而我,第一次感觉到,岁月在每个人身上都扎扎实实留下的印记,我不再年轻了。陈之培虽然还是老跟我较劲,可他的记忆也越来越差,记不住我到底都怎么得罪了他,他病倒了。

2015 年

【光启。车间。
【车间厂房光启。从车间门口慢慢走进来七十多岁的郑浩天,隆重地穿着西装和衬衫。他拎着一个大大的纸袋子。
【身体尚好头发花白的洪莲戴着老花镜,推着轮椅上的陈之培,耐心地像哄孩子一样地说着话走进来。
【郑浩天赶紧躲到一旁。
洪莲:饿了吧?
陈之培:(费力地翕动着嘴唇)不……饿……
洪莲:(温柔地给陈之培擦脸擦手)老郑今儿请咱们吃饭。你高不高兴啊?
陈之培:不……信。

洪莲:启生能骗你吗? 真是的。

【郑浩天尴尬得进也不是,退也不是。

陈之培:(看见了郑浩天)……

洪莲:老郑。

郑浩天:……你们来啦。

洪莲:听说你要请我们吃什么德国烤猪肘。我们都穿上了新衣服……但是为什么是在车间里啊? 这个车间停产两个多月啦。

郑浩天:(尴尬地)……启生说,他想吃这口。让我给他做了带来。(拿出饭盒)

洪莲:……启生他人呢?

郑浩天:……不知道啊……

陈之培:……走……走……回家……(使劲转动轮椅)

郑浩天:(一着急拦住了陈之培)老陈,是我让启生把你们请来的……今天是你生日嘛。我想给你和洪莲露一手,这些年没少蹭你们的饭。你要不乐意跟我吃,好歹把饭盒带回去。这饭盒,还是你们家的……

洪莲:吃,吃。(接过饭盒)老陈,你俩就别跟孩子似的了行不行? 好好的,都这么大岁数了,别怄气了。

郑浩天:老陈,别老想着我跟你吵架的时候,要不然生闷气了你也说不出来啊。想着我对你好的时候……我给你带了个礼物。

陈之培：(看着郑浩天拿出一个盒子，打开，是一个坦克模型)……

郑浩天：(把模型推到陈之培面前)……

陈之培：(脸上焕发出光彩，定睛看着)……

郑浩天：(不好意思地)你喜欢吗？

陈之培：(发出唔唔的声音)……

郑浩天：你现在不能跟我斗嘴了，我觉得活着都没意思了。

洪莲：(喂陈之培吃东西)这是老郑给你做的饭，你尝尝。他这辈子给谁做过饭啊……

【陈之培费力地嚼着，往外掉。洪莲耐心地给陈之培擦拭着。

郑浩天：(难过地)你赶紧好吧，咱俩还对骂。

【车间里大亮。陈启生、李泉兴和王西出现。歌队扮演徒弟们，搬上几把椅子，请郑浩天和洪莲坐下。

李泉兴：师父、师娘、郑工、陈工……今天是我师父的生日。我和启生密谋把你们老几位给请来，是因为今天有重要的大事儿。

郑浩天：这今儿都是怎么的了……说吧，我们仨加起来都两百多岁了，什么没见过？说！

李泉兴：第一件，是个大喜事儿！我徒弟王西在生产线上表现突出，机器人编程技术有重大进展，还获了国家级专利！王西刚被评上咱们集团的技术能手，是咱们集团获得去北京参加阅兵邀请资格的最年轻的员工！

【众人一片欢腾。王西不好意思地挠挠脑袋。

陈之培：(高兴得直咧嘴)……

洪莲：(凑近听)他说，好！

陈启生：我也有一件事儿，想在今天跟大家说。

郑浩天：说！是什么好事？

陈启生：(面露难色，欲言又止)……集团办公会决议已经通过了，因为近些年来的国际形势变化，目前底下几家子公司以生产民品为主，不用承担那么大规模的生产任务了。所以集团领导上周末决定启动谈判，初步想把四条生产线中的三条卖给一家合资企业，如果一旦谈妥，我这个总工程师也可以退休了。

【语毕，众人愕然。

陈之培：(忽然激动地)不！

李泉兴：门口藏着的，既然来了，就进来吧。

【彭海洋西服革履地进来了。

彭海洋：师父，别来无恙啊。

李泉兴：我早就当没有你这个徒弟了，你也别再喊我师父。

彭海洋：今天真热闹啊。我刚好来凑这个热闹。

陈之培：海……洋。

彭海洋：师爷，是我。我来是想跟师父汇报一下，我现在就职的这家企业，正在跟三机集团谈判。我呢，就是这次集团生产线收购项目的负责人。

郑浩天：干得不错啊！学会从自己家偷东西往外卖啦。

李泉兴：你个小王八蛋！

王西：师父，别动气。师兄肯定还有话要说。

彭海洋：轮不到你说话！

【正当师徒尴尬对视时，一旁的郑浩天开口了。

郑浩天：五十年代，我和你们师爷都是你们这岁数，干劲儿那个足啊。厂里给我们的不仅是一份工作，更是一个为国家出力的机会。到了八十年代，我们都到了泉兴这个岁数，人人都憋着一股劲儿，要让咱们国家重新建立秩序，要用咱们兵工人特有的方式把国家归置得漂漂亮亮、结结实实的，广场上那么一走，嘿，真来劲啊！到了九十年代最后那几年，市场开放了，搞活了，我们也老了，可还是想着法地要为这个国家干点什么。到今天，我们发现这个世界有点让人看不懂了。我们掌握的技术会过时、知识不更新就会落伍，但我们还有一颗为国家、为咱兵工事业上天入地的火热的心，这颗心还没凉！你们这些孩子什么都有，唯独就缺这么一颗心！这不是几条生产线，是咱几代兵工人的梦想,咱国家这几十年的精气神。保住它们,也就保住了几代人的心,几代为兵工行业付出生命的英雄魂!技术是我们几代军工人研发的核心,不能这样轻易地拱手送给外国人!

彭海洋:师爷和师父教导我,要尊重手艺,用敬畏之心对待自己的工作,工作才会永不辜负自己。我正是这么做的。只是现在各为其主罢了。

陈之培:(努力翕动嘴唇)回……家……

彭海洋:师爷,我们在外面打拼,人在哪儿,哪儿就是家。

李泉兴:好,既然如此,把路走得分明了,清楚了,也好!

彭海洋:(看看李泉兴)师父,这么多年了,你从来就没有夸过我一句。我今天来收购你的生产线,我用能力证明了自己,可你还是不会夸我,对不对?

李泉兴:海洋,你曾经是我最喜欢的徒弟,技术最全面,学习最勤奋,办事最周到……最让我信任,也最让我想不到。你的能力,应该用在最适合发挥你价值的地方,而不是追着旁门左道和蝇头小利跑。这几年我经常想起你,盼着你能回来。但我没想到你会这么回来……

彭海洋:(有些颤抖)师父,我想要回来证明给你看。我彭海洋离开这儿,一样有出息!这些年我常做同一个梦,在梦里你训我的声音很清晰,说我不是个好徒弟……我心里一直有个声音在说,只要你夸我一句,我就回去劝公司停止收购计划……他们在技术上很依赖我,如果你觉得有必要,我去说服他们……你从来没有夸过我。

李泉兴:海洋,在师父这儿你永远是个孩子。要是有一天,你觉得在外面扑腾累了,就回来。那时候,你还是我徒弟,我还是你师父。但你记住,我还是只会骂你,教训你,不会夸你。

【彭海洋哭了。

陈之培:(努力翕动嘴唇)回……家……

【歌队像一群天使,他们宽容地安慰着迷路的彭海洋。众人剪影。

老年郑浩天:彭海洋成功地制止了这个收购计划。他从那儿辞职了,回到了三机集团。这,是后话了。而在这个时候,说什么,都是多余的。

【车间工作室一隅启光。陈阳阳整理背包。陈启生看着陈阳阳,走向她,默默看着。

陈启生:昨天回来,今天就要走啊?

陈阳阳:(疏远地)啊。单位有工作。军工成果展,要赶回北京去。

陈启生:好啊,把咱们军工人这六十年的光辉历史,都好好整理一下。

陈阳阳:……

陈启生:只是回包头了,怎么也不回家住一晚……你像你妈,见着工作就什么都忘了。

陈阳阳:我不想像她。操劳半生,什么好日子都没过上。

陈启生:……

【父女无话。陈阳阳把桌上母亲的照片拿起来。

陈阳阳:我想把妈妈这张照片带回北京。

陈启生:这张照片,是我给你妈照的。能不能让我留着它?

陈阳阳:我不想让我妈去世以后,照片还摆在车间的工作室里。她太累了,该歇歇了。

陈启生:……

【陈阳阳把相片从相框里抽出来,发现一张纸。她好奇地打开看,脸色变了。

陈阳阳:爸。

陈启生:(看,惊呆了)调令?

陈阳阳:这是妈妈来包头的第二年,姥爷就从北京给她弄来了调令,让她回去。

陈启生:……我一点儿都不知道。你妈从来没跟我提过。就算我俩吵架,她气急败坏拎着箱子威胁我要走,始终也没踏出过家门半步。

陈阳阳：……妈，你怎么这么傻。

陈启生：你妈应该去情报局……克格勃的材料……

【陈阳阳看着妈妈永远微笑的照片，不禁掉下眼泪。

陈启生：我出去待会儿。我也想找个安静的地方。我想你妈。

【陈阳阳看着父亲有些佝偻的背影。

陈阳阳：爸。

陈启生：……哎。自从你妈去世那天，你这是第一回喊我。

陈阳阳：爸！

【父女俩相拥而泣。

【喜庆的鼓乐齐鸣。

李泉兴：今天，是我李泉兴收新徒弟的日子。海洋，你给我看好了。咱们手艺人，拜师磕头的规矩不能破，一日为师，一辈子我都要带着徒弟走正路！

【歌队成为徒弟们，他们庄重地拿起酒杯，给李泉兴和那三位老人敬酒，行礼。

【这是一个庄严的仪式。一个生生不息的时刻。

尾声

【开场时的坦克回声隆隆,大屏幕现出 2015 年阅兵时的场景,习主席挥手示意,仪仗队英姿飒爽。飞机在天空画出彩虹,坦克威武前行。

【王西西装笔挺,陈阳阳英姿飒爽,他们并肩坐在观礼台上。

陈启生:(捧着香凝的照片)香凝,快看,这是北京,你回来了!

【老年郑浩天穿着那套工服,亲临现场坐镇,他面向飞机画出的彩虹。

【肖邦的音乐声渐起。

老年郑浩天:我看到了这一次的阅兵。我真的看到了。我和太阳在一起,在彩虹上方看到了坦克的队伍,每一分每一寸都有我们全部的情感和生命在其中。在这条路上,我丢了我的爱人,错过了我的亲人,永远都不能回头……但是我仍然庆幸选择了这个世界上最伟大最美好的事业,来度过我的一生。再见了,我心爱的姑娘;再见了,我亲爱的朋友,这将是最美妙的一次阅兵,因为我的呼吸和今天清晨的风在一起翻滚;我的热血沸腾,如同一万匹战马飞驰。我愿意永远守护着你,我的美梦。

【老年郑浩天满足地溘然长逝。

【洪莲推着陈之培,他们也屏息凝神凝地望着大屏幕。

【歌队哼唱着:"叶子从白桦树上落在肩膀,它就像我一样地离开了生长的地方。和你在故乡的路上坐一坐,你要知道,我会回来,不必忧伤……"

【一幅幅照片掠过大屏幕,党和国家几代领导人视察车间,瞩目着历史发展的过往,看向美好的未来。

【剧终。

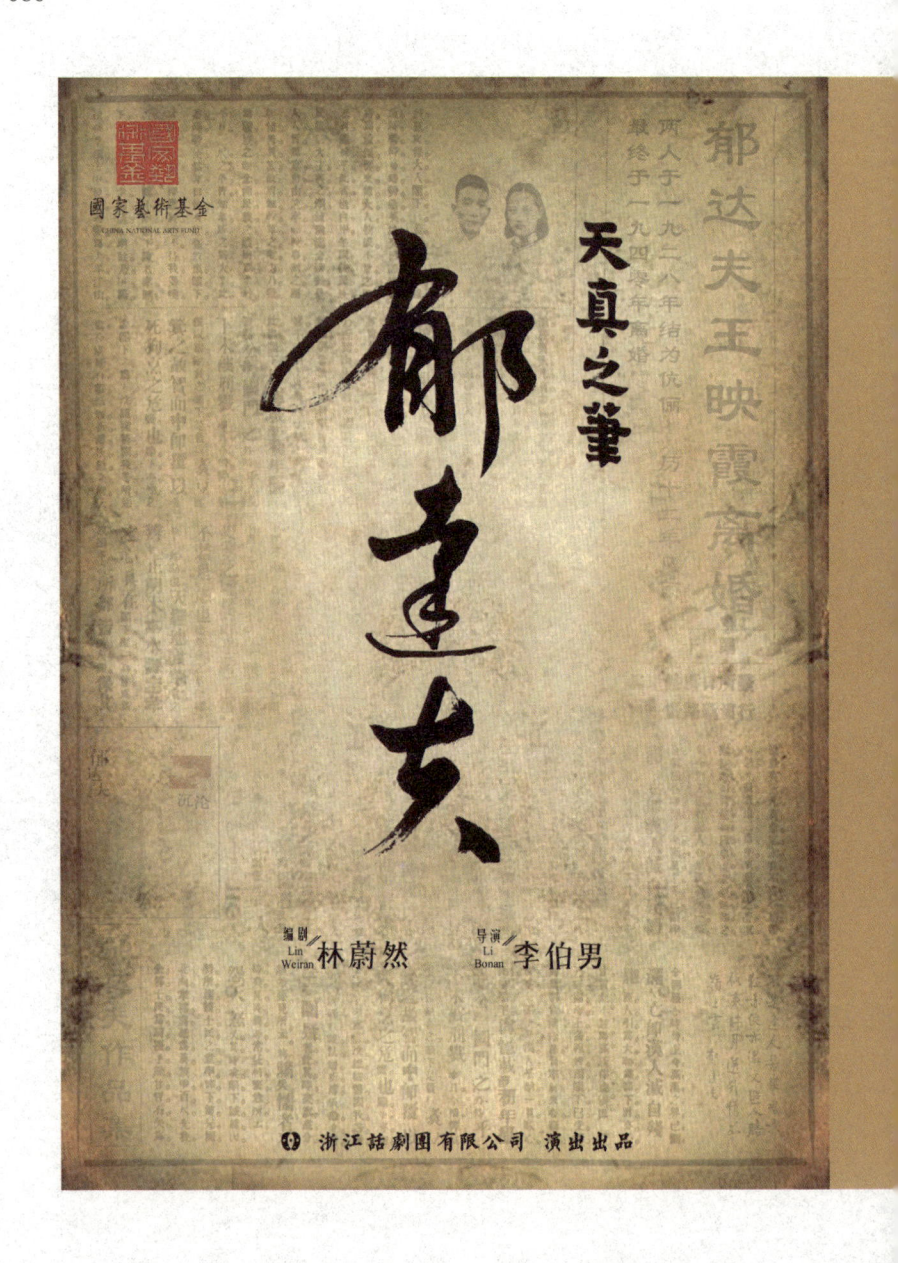

天真之笔

郁达夫

编剧/林蔚然
Lin Weiran

导演/李伯男
Li Bonan

浙江话剧团有限公司 演出出品

《天真之笔》剧照
尹雪峰 / 摄影

鄭善夫

天真之奇華

《天真之笔》剧照　尹雪峰 / 摄影

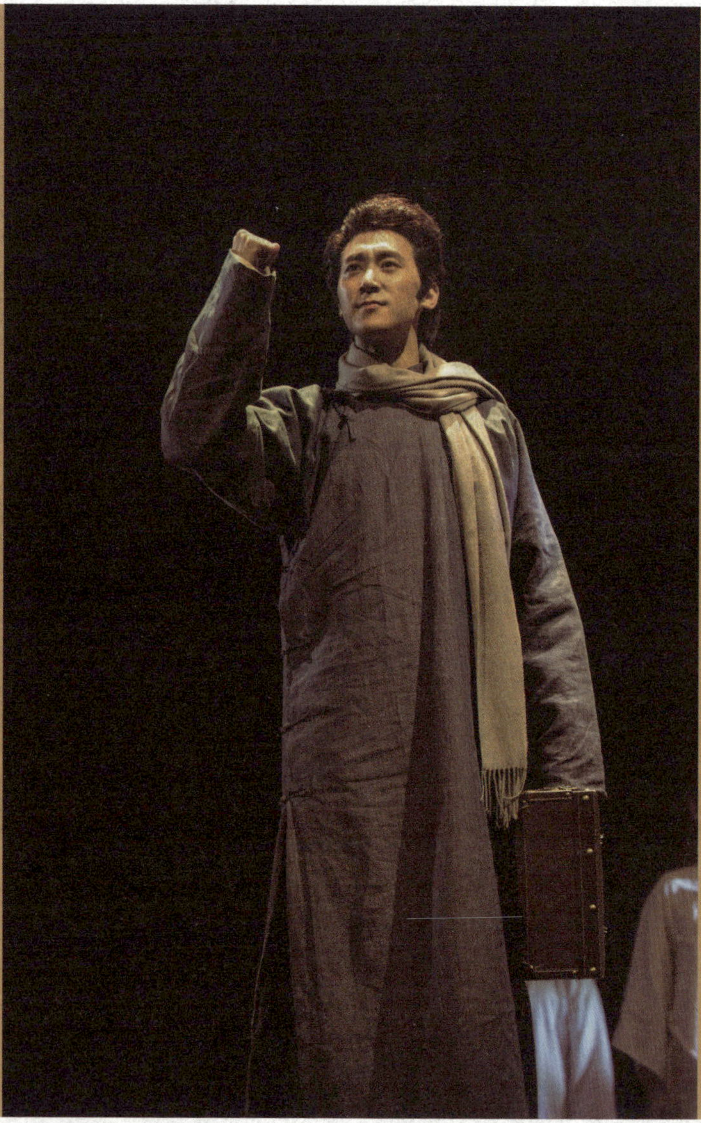

《天真之笔》剧照　尹雪峰/摄影

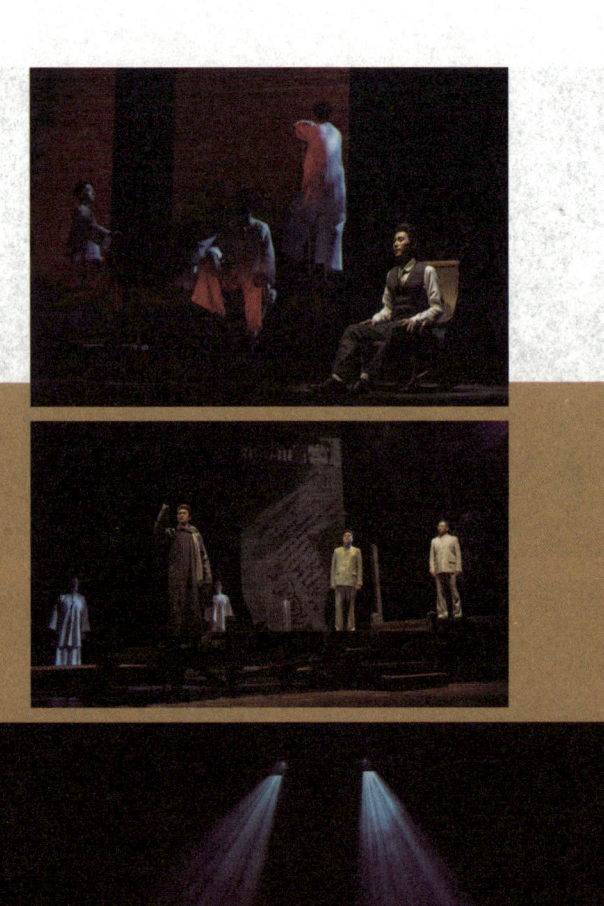

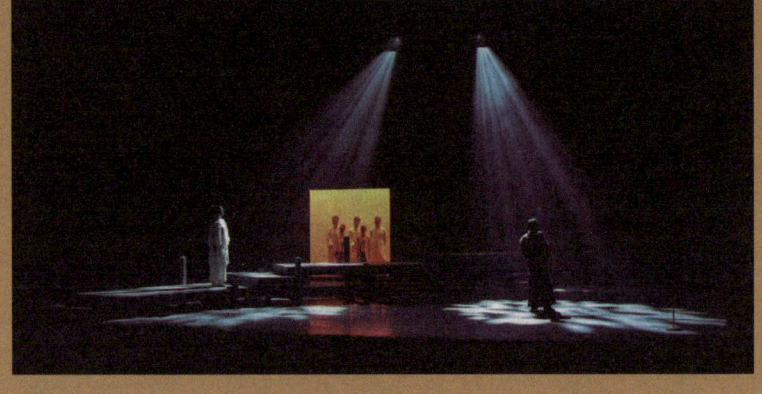

《天真之笔》剧照　尹雪峰/摄影

【话剧剧本】

天真之笔

An innocent pen

林蔚然

【泛黄的信纸。两条高低错落的路径延伸开来。

【随着灯光渐起,几个青年男女手捧书卷,认真地诵读着。信纸上,"小说《沉沦》"的墨迹隐隐出现。

青年A:他的故乡,是富春江上的一个小市。去杭州水程不过八九十里。这一条江水,江形曲折,风景常新。

青年B:他三岁的时候就丧了父亲,那时候他家里困苦不堪。

青年C:在这小小的书斋里过了十几个春秋,他才跟了他的哥哥到日本去留学。

青年D:乱离年少无多泪,行李家贫只旧书。

青年 A:郁达夫。他留给后人数百万字的作品。在中国现代小说史上，开创了极富浪漫主义色彩的自叙传抒情体小说先河，同时创作了大量散文和诗歌。

青年 B:他与鲁迅、郭沫若、茅盾并列,成为中国现代文学史上重要的作家。

青年 C:他的代表作《沉沦》惊世骇俗。作品屡屡成为畅销书。

青年 D:同时他被称为"色情狂""落伍者""颓废派"。

【周作人、李初犁、郭沫若的剪影依次出现。最后郁达夫微微笑意又带着紧张的样子投射在舞台上。

青年 A:周作人第一个站出来说,《沉沦》里虽有猥亵的分子,而无不道德的性质。

青年 B:李初犁说,达夫是模拟的颓唐派,本质的清教徒。

青年 C:郭沫若说,他清新的笔调,好像在枯槁的社会里面吹来了一股春风,立刻吹醒了当时无数青年的心。他那大胆的自我暴露,对于深藏在千年万年的背甲里面的士大夫的虚伪,完全是一种暴风雨式的闪击,把一切假道学、假才子们震惊得至于狂怒了。

青年 D：而郁达夫说，他那早熟的性情，竟把他挤到与世人绝不相容的境地去。

【从那一条路上，郁达夫出现了。

青年 A：在光绪二十二年十一月初三的夜半，郁达夫出生了。

青年 B：甲午战争后，朝廷下罪己诏，修铁路，讲时务，和各国缔订条约。

青年 C：东方的睡狮，受了这当头的一棒，似乎要醒来了；可是在酣梦的中间，消化不良的内脏，早已经发生了腐溃。

青年 D：败战后的国民，尤其是初出生的小国民，当然是"畸形儿"，是"恐怖狂"，是神经质的。

青年们：以上，都是郁达夫和他的朋友们亲口说的。

【青年们隐去。

郁达夫：我总在张望江中间来往的帆樯。两位哥哥去离家很远的书塾念书了。我在等着母亲回来。她上乡间去收租谷，将谷托人去碾成米，雇了船，连船带米,一道运回城里来。我的回忆,尽是些空洞。最饱满的感觉,就是饿。除此之外,就是没有边际的寂寞。

【母亲身上光启。她披着一件旧袍子。
母亲:(平静地)荫生,娘也饿。你不知道,咱家老宅子后山石缝里头,是有多么冷……娘没气力想以后,却清清楚楚想起你小时候,连一双皮鞋都没有。娘总归是觉得欠你的。

【光影开始变得斑驳。郁达夫仿佛回到了童年,看着金鱼在大缸里游。

郁达夫:娘,大缸里的水藻和金鱼,在阳光下,跟平时比起来,完全变了样。我想捉住一丝一丝的日光,看它一个痛快。我把手指用力去够向它们,想做那美好中的一分子。我的两只脚浮起来了,身体也浸入了水藻之中。暖洋洋的,我感到沉浸在娘的怀里。然后,我就没有了知觉。
母亲:你没有死。你还有四十多年好活,要走很多路,写很多字。荫生,娘没有好好抱过你。但娘知道,出远门是要吉利的,娘的眼泪,绝对不可以教远行的人看见。

【郁达夫猛醒。

郁达夫:娘!!!

【母亲隐去。大哥郁曼陀身上光启。

郁曼陀:荫生。

郁达夫:大哥。

郁曼陀:你读了书,视野应该更宽广……我被派赴日本考察司法,你就跟我去日本吧。

【汽笛声声,海鸥鸣叫。

郁达夫:比起书斋门口那一条江水,海是一望而看不到边际的。我兴奋起来。不到一年的时间,我考取了东京第一高等学校。大哥希望我学医,我听了他的劝。那时候,在旅舍的寒灯底下,或街头漫步的时候,最恼乱我的心灵的,是男女两性之间的种种牵引,以及国际地位落后的大悲哀。

【屠格涅夫、托尔斯泰、陀思妥耶夫斯基、契诃夫、高尔基,他们的剪影逐一划过。又渐渐地出现了画报和女优们的照片。

郁达夫:从屠格涅夫的《初恋》和《春潮》开始,我看了将近千册的英文、德文、日文小说。我贪婪地汲取着文学的养分,也渴求着女性的爱。

【几个可爱的日本姑娘在唱歌:"樱花呀,樱花呀,暮春三月天空里……"郁达夫被姑娘们所吸引,他大胆地鼓起掌来。

郁达夫:多么美妙的声音。请允许我为这歌声而拍手。

【日本姑娘们笑逐颜开。

郁达夫:这让我想起我的故乡,秋高气爽,桂花的浓香撩人,让人心里平安喜悦。一粒一粒金黄,浓艳至极。而樱花反而一派烂漫天真,令人忘记去国别乡之感伤。

姑娘A:你的日本话说得倒不错呢。那么请问贵国是哪里?

郁达夫:我是中国留学生。

【姑娘们低低地惊呼起来。

姑娘A:支那人。我们走……

【姑娘隐去。

郁达夫:(痛苦地)这些无邪的少女,是绝对服从男子的丽质,都是受过父兄的熏陶的,一听到弱国支那,哪里还能够维持她们的常态,保留人对人的好感呢?这让我开始看清了我们中国在世界竞争场里所处的地位。我明白了近代科学的伟大与湛深,和今后中国的命运,与四万万五千万同胞不得不受的炼狱的历程,都是在日本。

【1921年,东京。中华留日学生青年会会馆。会场气氛热烈。

主持人:下面有请赫赫有名的"宪政之神"尾崎行雄先生为我们演讲!

尾崎行雄:(傲慢地)各位青年,你们坐着船,为学习到最先进的科学与思想,不远万里,从清国来到日本。我很赞同你们。

郁达夫:尾崎先生,我有问题。

尾崎行雄:(看着貌不惊人的郁达夫)支那人没有礼节,我是有所耳闻的。

郁达夫:您号称宪政之神,却不知道中华民国这个事实?或者还是故意用"清国"这样的称呼?

【一旁的孙百刚暗中拉拉郁达夫的衣袖,示意他隐忍。

尾崎行雄:东亚病夫,身体和思想之羸弱,为天下所周知。

郁达夫:(微微挣脱,愠怒使得他羸弱的身躯充满了意外的能量)数十年前,德国的俾斯麦已有"东方睡狮"之言。英国下议院1906年5月30日的决议中提到"睡狮已醒",若"干冒不韪,但顾金钱,不惟遭华人没齿之恨,且贻万国永世之羞也"。睡狮醒时,世界应为震悚。尾崎先生,清国尚且如此,而今辛亥革命之后,中华民国已步入新的世界。

尾崎行雄：……（竟一时语塞）

郁达夫：请纠正您的观点。作为政治家，务求理性之精神，而非狂妄之冷嘲热讽。

尾崎行雄：……请坐。

郁达夫：请纠正您观点之谬误。

尾崎行雄：是的。我……愿意当众向诸位学子道歉。

【歌队。学生们交头接耳沸腾起来。孙百刚钦佩地看着郁达夫。

【众人散去。

孙百刚：达夫，今日之事，真是要刮目相看！原先只知道你有文学天赋，没想到更加有政治的才能和过人的胆量！

郁达夫：我心中，并无畅快之感……国内政治黑暗，列强凌侮，中国人在异国他乡正是最受人歧视的时候。觉得像有一把火在身体里烧，但又不知道应该做些什么。

孙百刚：我真的觉得你可以回到祖国去做一番大事情。

郁达夫：（颓然）不瞒兄长，这次我大哥召我回国参加了外交官和高等文官考试，结果榜上无名……"庸人之碌碌，反登台省；品学兼优者，被黜而亡！世事如斯，余亦安能得志乎？"

孙百刚:五四过后,中国大地带来的震动必将持久。正像达夫兄所言,中国这只睡狮,即将苏醒。

【郁曼陀出现。孙百刚下。
郁曼陀:荫生,姑娘家和咱们家,原是老亲,也算半个书香门第。母亲替你定下这门亲,该回国了。
郁达夫:(苦闷地)大哥,你也是接受过新思想的人。我不愿意毁了两个人的一生。你帮帮我。
【郁曼陀看着郁达夫,摇了摇头。他隐去。孙荃,清瘦纤细的女子,抱着一箱《列女传》、女四书来了。箱子没有扣严实,书掉了出来。
郁达夫:(失落地)你还是来了……
孙荃:(坦然地)我来了。
郁达夫:你能看书?
孙荃:一点点。
郁达夫:(捡起地上的书,正眼看孙荃)你叫什么?
孙荃:(落落大方)贱名兰坡,字潜媞。
郁达夫:出自何典?
孙荃:《诗经·小雅·采绿》:"终朝采蓝,不盈一襜。"《诗》曰:"好人媞媞"。
郁达夫:(不禁微笑)"坡上生蓼蓝,好貌如媞媞。"
孙荃:岂敢如此相比。取字潜媞,并非金屋藏娇,仅取安舒之意。

郁达夫：（心生好意）我想赠姑娘一个名号可好？《楚辞》里，荃与荃同义，用来比喻孙家小姐，再合适不过。孙荃。

孙荃：（一点羞涩，一点喜悦）如此，很好。

郁达夫：孙荃。

孙荃：嗯。

郁达夫：我无论如何，不会给你结婚的仪式。你也是牺牲品。我替我们两个人可惜。

【孙荃沉默着。

郁达夫：再见。

【孙荃隐去。

【郭沫若跑上。

郭沫若：达夫！

郁达夫：鼎堂！

【二人相见，都很激动。握住对方的手。

郭沫若：回到日本这些日子你瘦了……我刚从上海回来，便跑来找你。我想要马上告诉你一个好消息和一个坏消息。

郁达夫：现在的我们，太需要好消息。

郭沫若：我和成仿吾，跟泰东图书局经过好一番交涉，书局总算同意出刊一本杂志了！

郁达夫：我们终于可以有一个阵地去打破社会

因袭，主张艺术独立。中国未来之国民文学在此一举！

郭沫若：然而还有一个坏消息……像我这样的人，在上海逗留四五个月，身心越发疲累，无聊的应酬，虚伪的人际关系，烦琐的办事程序……毫无头绪。别说养家，就是吃饭，也是渐渐困难起来了……达夫，我想到你，只有你才有这样的热情和能力，创造出一个新天地来。我想请你回国。

郁达夫：回国……是啊，就回国吧！打破眼下的困境，去干出一番气象来。

郭沫若：我知道你是那个顶好顶合适的人！为我们的刊物定一个名字吧，达夫。

郁达夫：创造，就叫创造，我们要以创造者的姿态，努力创造一个光明的世界！

【《创造》第一刊的封面。郭沫若隐去。汽笛声响，郁达夫从青年们手中接过箱子。

郁达夫：（面对青年们和台下的观众，身后书写出"快""短""命"三个大字）本人今天要讲的题目是《文艺创作的基本概念》。黑板上的三个字就是要诀。"快"就是痛快，"短"就是精简扼要，"命"就是不离命题。演讲和作文一样，也不可以说得天花乱坠，离题太远，完了。这就是我今天的演讲。

【青年观众们哈哈大笑。

【影像呈现《创造》季刊创刊号封面。郁达夫与歌队饰演的创造社同人们奋力工作着。

青年A:自文化运动发生后,我们新文艺为一二偶像所垄断。

青年B:以致艺术之新兴气运澌灭将近。

青年C:创造社同人奋然兴起打破社会因袭,主张艺术独立。

青年D:愿与天下之无名作家共兴起而造成中国未来之国民文学。

青年A:创造社同人:田汉。

青年B:成仿吾。

青年C:张资平。

青年D:穆木天。

郑伯奇:郑伯奇。

郭沫若:郭沫若。

郁达夫:郁达夫。

郭沫若:我们旗鼓既张,当然要奋斗到底!达夫,你的自信力,真比我坚定得多!

郑伯奇:在这段时间里,达夫的创造力和生命力都在全面爆发。

成仿吾:在编辑《创造》季刊的同时,达夫出版了他的第一本,同时也是中国现代小说史上第一本短篇小说集《沉沦》。

郁达夫:性,和死,是人生两大根本问题。

黑衣人A:这个郁达夫,非但不自知羞耻,反而将它作为招牌,煽动青年学生,使他们堕入禽兽的世界里去!

黑衣人B:不是还有一位叫海棠的妓女同他有来往吗?"海国秋寒卿忆我,棠阴春浅我怜卿。"啧啧,竟干出来那些行为!

黑衣人C:还有脸回来,要是我,无颜见江东父老哇。

【郁达夫由惊愕转为愤怒。

郁达夫:像这样的社会,难有我的位置了。我也不想富贵功名,要是为了一点毫无价值的浮名,几个不义的金钱,要把良心拿出来换,牺牲他人做我的踏脚板,又是何苦!

【孙荃抱着龙儿上,龙儿微微啼哭着。

郁达夫:(怒火无处发泄)我辛辛苦苦,是为了什么人在这里做牛马!要只有我一个人,我哪里不能去!你们为什么不去死,不去投河上吊呢!

孙荃:(无助地对着龙儿)你要乖些……睡吧,不要讨爸爸的厌……(对郁达夫)你不要急,我们明天就走。

【火车汽笛声。郁达夫心中复杂情感交织。与抱着孩子的孙荃默默相对。谁也不看对方。火车快开了,汽笛变得急促起来。

郁达夫:……今天的天气,倒还好……

【孙荃明白郁达夫的自责忏悔加感激,微微转头。

郁达夫:我心里,一边觉得对不起你,一边不知怎么又有些恨你。

孙荃:我从来没有一个人单独出过门。我对你说的想要自己回去,原是激于一时的意气而发。我实在不知道抱着一个六个月孩子的妇人单独旅行,是怎样的苦楚。

郁达夫:要是她回过头来,我一定会把她留在我的身边,不让她孤零零地回去。

【火车徐徐开动。

孙荃:(泪痕满脸地回头)……

【渐行渐远的声音,车轮声也渐渐模糊。

【背景换作了《茑萝行》。孙荃抱着龙儿走向远方。

青年A:我的女人!我的不能爱而又不得不爱的女人!我终觉得对不起你!

青年B:我平时虽则常常虐待你,但我的心中却在哀怜你,痛爱你。

青年C:我在社会上受来的种种苦楚、压迫、侮辱,若不向你发泄,教我更向谁去发泄呢!

青年D:我最爱的女人,你若知道我这一层隐衷,你就该饶恕我了吧……

郁达夫:你的柔顺,是一生吃苦的根源。和我对于社会的虐待丝毫没有反抗能力,却是一样。啊!反抗反抗,我对于社会何尝不晓得反抗,你对于加到你身上来的虐待也何尝不晓得反抗,但是怯弱的我们,没有能力的我们,教我们从何处反抗起呢……

【郭沫若和成仿吾上。

郭沫若:你看看我,我是怎么也不愿意逃避的,我有三个小孩,我的负累岂不是比你们都要多得多吗……

郁达夫:可我是个失了业的人……

成仿吾:(不好意思)我大哥托人替我谋个差事,在商务印书馆当个编辑,月薪150大洋……沫若兄既然这样说,我也不去了吧……

郭沫若:我们共同的事业,只有创造社!首阳山孤竹君只有二子,而我们有三个人,三人为众。还有什么事情是不可为的呢?

【播放《创造周报》和《创造日》副刊相继诞生的

影像。

成仿吾：我们都是一些被压迫的无名的作者。

郭沫若：所以我们极愿意为全国的青年朋友们开放我们的小庭园——我们这些无产阶级者的唯一的财产——请他们来自由地栽种。

郁达夫：我们想以纯粹的学理和严正的言论来批评文艺、政治、经济，更想以唯真唯美的精神来创作文学和介绍文学。腐败的政治实际与无聊的政党偏见，是我们所不能言，亦不屑言的。

三人：我们这一栏，是世界人类共有的田园，无论何人，只须有真诚的精神和美善的心意，都可以自由来开垦。

郁达夫：世界上受苦的无产阶级者，我们大家不可不团结起来，结成一个世界共和的阶级，百折不挠地来实现我们的理想！我确信，未来是我们的所有。

【成仿吾和郭沫若下。

【天桥艺人的叫卖声此起彼伏，背景上映出晨钟暮鼓的北京城。

鲁迅：达夫先生快请进。寒舍一方，家徒四壁，多有不周啊！

郁达夫：先生不必自谦，正是这清寡的生活才造就了先生独特的品格啊。

鲁迅：哦？这么说达夫先生也是个崇尚自我的自由主义者？

郁达夫：先生见笑了。只是生在这乱世，哪里还容得下一张书桌，清心寡欲地做学问怕也只是一句说笑了。

鲁迅：你对学问之事怎么看？

郁达夫：五四运动方兴未艾，新文化的潮流席卷神州，现在正是文学青年一展身手的好时机！鲁迅先生，我以为，文学发展切不可遵从什么导向。自由之精神，才是新文学的唯一出路。北洋当局固然可恶，可那些痛心疾首的爱国青年，固执地认为自己手握真理，怕也是犯了些幼稚病吧。

鲁迅：好！说得好啊！既然达夫先生剖白心迹，我也不必隐瞒。我对创造社的某些观点，还真是不敢苟同啊。那些年轻人时时努力摆出一副创造的姿态，好像连出汗打喷嚏都是在创造似的神气十足，真正踏实下来做学问的耐心反而丢个干净。依我看，从达夫先生身上倒是找不到这股子"创造气"呢。

郁达夫：唉，其实我知道他们只是有话要说，而这种说话的欲望却是过于强烈了。

鲁迅：近日有一个湖南来的青年，我看和达夫先生倒有几分相似。你看，这是他写的一些讨论中国文学的作品，文笔秀丽，慷慨激昂。你想不想见见他?

郁达夫:(边看边说)写得好啊!冷静,通透!妙不可言!他此时人在北京?

鲁迅:他不但在北京,一时半会恐怕还走不了呢。从文,快出来见见你总说起的郁达夫先生吧。

【瘦小的沈从文上。

沈从文:先生好!

郁达夫:你就是这篇文章的作者——沈从文?

沈从文:是。我从湖南老家辗转来到北京,食不果腹,幸亏鲁迅先生接济,渡过生活上的难关。可接下来怎么办,我却是一点方向都找不到了。

郁达夫:唉,我总哀叹自己时运不济,可竟然这样有才华的文学青年也还在贫贱的生活里挣扎……(把脖颈上的围巾摘下给沈从文戴上)北京的天气凉得早,要爱惜自己的身体。(把口袋里的钞票塞给沈从文)拿着它吧,吃点好的,才能有力气写文章!日子会好起来的。

【《故都的秋》。

青年A:秋天,无论在什么地方的秋天,总是好的。

青年B:可是啊,北国的秋,却特别地来得清,来得静,来得悲凉。

青年C:早晨起来,泡一碗浓茶,向院子一坐,你也能看得到很高很高的碧绿的天色,听得到青天下驯鸽的飞声。

青年D:从槐树叶底,朝东细数着一丝一丝漏下来的日光,或在破壁腰中,静对着像喇叭似的牵牛花的蓝朵,自然而然地也能够感觉到十分的秋意。

青年A:郁达夫笔下的北京,没有雾霾。

青年B:字里行间透出的淡淡的忧伤,让北京的秋天更加迷人。

青年C:他那个时候,可顾不上什么迷人不迷人,他带着那些文学青年喝酒谈天,臧否人物,像个老大哥似的。

青年D:他那篇著名的《给一个文学青年的公开状》就是写给沈从文的,一经发表,阅读量迅速十万加,在当时,可是圈了不少粉呢。

鲁迅:来来来,都坐下,坐下边吃边说。

【青年A、B拿上酒和酒杯。】

郁达夫:鲁迅先生的绍兴黄酒,那是顶好的佳酿,口感温润,来来来,从文,咱们喝一杯。

沈从文:素闻达夫先生海量,我还是不要自讨苦吃了。

鲁迅:达夫对如今的形势怎么看?

郁达夫:广州。未来的明天在广州,人民的希望在广州。去年,孙中山先生在广州改组了国民党,要建立一个政治清明的政府。这个靠贿选和打群架支撑起来的北洋政府,我是待不下去了。

鲁迅:(笑着摇摇头)达夫,你要知道,这新事物也是从旧土壤里生长出来的,多少也会裹带着旧的气味。而这气味更像是一颗炸弹,说不定,会把新事物炸成和那旧土壤一模一样的废墟呢。

郁达夫:(连着喝了几杯酒,鲁迅、沈从文下)后来我才知道,先生说的没错,我原以为的那个新生命的策源地,竟然变成了滋生白色恐怖的温床。表面繁荣向上的广州,私底下却是暗流涌动。北伐开始了,伴随着军事上的高歌猛进,一幕幕争权夺势的戏码也在上演。我没有郭沫若的执着,也不如瞿秋白的果敢,我能干些什么?

郭沫若:达夫,你好糊涂!北伐形势一片大好,你怎么挖起了根据地的墙脚?你说说你!唉。

成仿吾:达夫,你好自私!多少革命战士浴血前方,你却因为自己的郁郁不得志,公开打起了退堂鼓!你没有装下天地的胸怀,心里只有你自己的小情小爱。

郁达夫:沫若、仿吾,快来快来,陪我喝一杯这绍兴的花雕吧,广州喝不到的。

【郭沫若、成仿吾端起酒杯又放下,摇头叹气下。

【舞台另一侧传出孩子呼唤爸爸的声音。孙荃上。

孙荃：达夫，龙儿临走前，终究是没能见上你一面。

郁达夫：龙儿，我的龙儿在哪里？

孙荃：他在你的心里，大概就像是一颗跌进池水里的石子，一点涟漪过后，再也没有痕迹了吧？

郁达夫：不是的，不是的！你们都要误解我，都要用话语刺疼我，那就来吧！

【郁达夫一饮而尽，把杯子摔在地上。

郁达夫：父亲？多么昂贵的一个称呼。郁达夫你担得起吗？是啊，三岁时父亲就离开了我们，他长什么样子我根本记不起来，更别说什么父爱如山，我到哪里找什么父爱如山？就这么糊里糊涂的，我也成了父亲……

【郁达夫从桌子上拿起一面镜子，端详着镜中人。

郁达夫：……连胡子都要修理得比小青年们齐整一些。可父亲实在是一门学问啊，我却考了零分。我只记得1925年北京的盛夏，我和荃妹，还有我们的龙儿，度过了我这潦草的一生里难得的一段精致时光。然而我又的确是极度吝啬的，我得到了父亲应得的快乐，却没能给出父亲应给的仁慈。

【郁达夫难以面对自己，忽然把镜子也狠狠摔在地上。彷徨四顾，又俯身去试图捡起那些碎片。

郁达夫：这张脸真让我觉得讨厌，蓬头垢面，瘦黄奇丑，自视清高，又一无所长。我的痛苦源自于无法治愈的悲观，该怪这战乱的年代还是惶惶如丧家之犬的焦虑内心？荃妹，你看看，结婚时你送我的两样东西，一样进了东洋的当铺，一样碎成这一地的斑斓。我亏欠你们的太多了，一二三四、五六七八，干脆不还了，反正也还不上。就像这个我左右都看不懂的世界，大不了不看了，不看了总行吧？哈哈哈……

【郁达夫把捡起的碎片重新扔到地上，回到桌旁，重新倒一杯酒，再次一饮而尽。

青年A：他游山玩水，逛青楼喝花酒，还指责别人，他的书我不要看了。

青年B：他一生行事磊落，错的，他认；对的，他坚持。可你休想用旧道德绑架他一丝一毫。

【两人争辩激烈，几欲动手，郁达夫分开他们。

郁达夫：你们说我错了，我不说话了就是。这样的广州我不要回来了，我只想要我的龙儿再叫我一声爸爸，然而这也成了永远达不成的奢求。他们的北伐终于成功了，一些人的北京成了另一些人的北平。然而偌大的北京留给我的印象，终究只是和龙儿一起种在院子里的几棚葡萄架罢了。你们要说什么，尽管说去吧,我累了,我要休息一会儿。

【郁达夫趴在桌子上睡着了。换场到内山完造的书店,背景也换成柔和的颜色,青年们走来走去,交谈着。

孙百刚:达夫,达夫!

郁达夫:百刚?

孙百刚:叫我一通好找,你却躲在这里睡觉。

郁达夫:哦,我不知不觉进了内山书店,想看书等你,谁知道看着看着就睡着了。

孙百刚:快跟我回家去,等着给你接风呢。

【舞台另一侧,孙夫人和王映霞在准备碗筷。

王映霞:婶婶,一会儿要来的是个什么大人物?

孙夫人:这个人可不简单呢。在这个人人都在舞枪弄棒的时代,他手里只有一支笔,一支天真的笔,却征服了无数人的心。想当初,他在日本舌战尾崎,长了咱们中国人的士气。那时候,你还不懂事咧。

王映霞:谁说我不懂事,我知道你说的这个人,他就是郁达夫!他写的《沉沦》我看了足足四遍。真没想到能在婶婶家里见着真人!

孙夫人:达夫!百刚,快请达夫进来!

郁达夫:嫂子,多年不见你还是那么利落!(看到王映霞,眼睛一亮)这位是……?

孙百刚:这位是杭州名仕王二南的外孙女王映霞女士,本来在温州教书,那边局势动荡,就来我这边暂住。

郁达夫:映霞小姐,你好。

王映霞:你就是郁达夫?

郁达夫:跟你想的不一样?

王映霞:原以为作品背后的你该是高大威猛、风流倜傥的,一副不妥协的样子,想不到竟是这般柔弱的一个书生。

郁达夫:一个人的作品里,往往透露出他想要变成的样子,正因为我不高大也不倜傥,才会在作品里让自己高大倜傥些,倒是让映霞小姐误会了。

王映霞:哈哈哈,你这个人倒是幽默。快跟我说说,你最近有什么好作品?

孙百刚:映霞,哪有你这么唐突的女孩子,达夫先生风尘仆仆,你却要调皮。

郁达夫:不碍事不碍事,映霞小姐乃名门之后,行事自然跳脱些,反倒比那些矫揉造作的女子强出百倍。

孙百刚:听别人说你去了广州,这次回上海,做些什么?

郁达夫:不要再提广州。那些军阀政客的阴谋,原来在哪儿都是一样的。打着革命的幌子,倒好像就能把一切的不公和堕落都除去了,其实,他们比谁都清楚,那是根本不可能的。这次回来上海,想先把创造社的事情整理一下。哎,我们都站着干什么?走,走,我们去南京路上的新雅饭店,我请客,我请客!

孙百刚:不不不,你都到了家里,怎么还有出去吃饭的道理?酒菜已经备好了。

郁达夫:百刚,你今天一定要听我的。我这就去喊汽车,等会儿你可要好好陪我喝几杯。

【郁达夫跑着下,孙百刚边追边喊,也喊不住他。

孙夫人:这个达夫,这么多年不见,他还是那么任性。

王映霞:我喜欢……

孙夫人:嗯?你说什么?

王映霞:哦,我是说,我喜欢——新雅饭店的灌汤包!

【孙夫人和王映霞下。

青年C:郁达夫和王映霞就是这么相识的,因为一个饭局。

青年D:看来从古至今,饭局都很重要,饭局上的人更重要。

青年C:从此以后,郁达夫隔三岔五就跑来孙百刚家要请他们吃饭,把孙百刚夫妇都吃毛了。两人心想这个穷书生好不容易攒了点钱,一不买房二不买车,连理财都不买,天天跑来请客,怕是"醉翁之意不在酒"吧。

青年D:然而王映霞明白郁达夫的心思,一来二去,两个人感情发展得挺快。

青年C:可是,王映霞后来知道了郁达夫家有妻儿,这下她可不知道该怎么办了。

青年D:不不不,你太小看这个弱女子了,她怎么不知道?她什么都知道。她只是要看看郁达夫该怎么办。

郁达夫:是啊,我也没想到,三十多岁了,竟然还有那种心跳得扑通扑通的感觉。以前我写爱情,可我不知道什么才是爱情,于是就放肆地胡写一通。见到了映霞,我才明白,前面的三十年算是白活了。好像一个摇头晃脑背书的孩子,忽然有一天明白了那经书的要义。所以,我不争气地天天跑去看她,好像脚都不是我自己的。百刚那班朋友偏要看我的笑话,骗我说映霞回杭州去了。其实她就在里间屋里,不见我。我,我好害怕这天赐的缘分就要尽了。

孙百刚:达夫!你看看你,现在成了什么样子?作为老朋友,我今天要好好教训教训你。你就算糊涂,可总该为映霞想一想,以她的出身和才学找个比你更合适的人不难,你要是爱她,总该希望她有个更好的前程不是吗?

郁达夫:但行好事,莫问前程。

孙百刚:什么跟什么啊!我看你是失心疯了。总之,我劝你回到北京去,孙荃和孩子们还在等你,那才是你的家。忠告我可是给你了啊,你是有身份的人,一定要慎重,再慎重,万万不可以孟浪行事啊!

郁达夫:百刚,你说得对,要慎重。

孙百刚:这就对了嘛。达夫,浪子回头,悬崖勒马,不失真男儿本色。我这就去给你订一张回北京的车票。

郁达夫:不不,等我跟映霞商议一下,我要和她一起回趟杭州,见一见她的家人,我万万不要错过眼前的幸福了。

孙百刚:你!哎呦,你要气死我啊?

【孙百刚下,王映霞上。

王映霞:郁达夫,你这么咄咄逼人,有没有想过我该怎样面对杭州的家人?

郁达夫:有啊!我陪你去啊!映霞,我知道你出身于书香门第,最看重贞洁名誉。可我看来,爱情却是这世间最可宝贵的东西。热烈的、盲目的,可以牺牲一切的爱,是这肮脏的世界里唯一的真,我不忍让你离开我,也不忍让这真蒙了羞辱。映霞,总之,我的心连同我的人,此刻都是你的。就算你让我去死,我也没有二话。

王映霞:好啊,那你就去。

郁达夫:好的。(不假思索地掉头就走)

王映霞:哎,你站住!……算了,你去吧。

郁达夫:我去哪里?

王映霞:你去火车站,买两张明天去杭州的车票。

郁达夫:映霞!我不是在做梦吧?

王映霞:怎么,不愿意去?难道要我去买?

郁达夫:不不不不不不……我去,我马上去。

王映霞:达夫的背影就像个通过了考试的孩子。他可以什么都不顾,可今后的重担却要我去扛起来。世俗的眼光,亲人的责问,我都要一一去面对。达夫,我能信任你么?我能依靠你么?我们的未来该是个什么样子啊?我是不知道的,你知道吗?

【郁达夫致王映霞的信,在屏幕上隐隐出现。

青年A:朝来风色暗高楼,偕隐名山誓白头。

青年B:好事只愁天妒我,为君先买五湖舟。

青年C:笼鹅家世旧门庭,鸦凤追随自惭形。

青年D:欲撰西泠才女传,苦无椽笔写《兰亭》。

青年A:这一对富春江上神仙侣,就这么走到了一起。

青年B：都说追逐爱情的时候要拿出流氓的精神，三十岁的郁达夫做到了。

青年C：然而达夫先生终归是个有情有义的人，他始终没有写下那一纸冰冷的休书，不时还要接济在北京生活的孙荃。

青年D：1927年6月，郁达夫和王映霞在杭州举行了隆重的订婚仪式，大哥郁曼陀非常反对这场婚事，始终不肯原谅他。与他感情更好的二哥郁养吾亲自来到现场，代表家人为他主婚。

【众人上，与郁达夫寒暄，"达夫先生""郁先生"的声音此起彼伏，王映霞几次想喊住他都没有喊住。

许绍棣：达夫兄！

郁达夫：哎呀，绍棣兄！许多年不见，听说你回来了，不知现在何方高就？

许绍棣：不瞒达夫兄，我刚刚调回浙江省，忝任教育厅长之职。

【远处有人喊："郁先生，鲁迅先生到门口了！"王映霞从一旁上。

郁达夫：我这就来！绍棣兄，我有重要的客人，先失陪了。这是我的夫人王映霞，你们之前应该也认识吧？你们先聊。

【郁达夫下。

许绍棣:映霞,你,还是那么漂亮。

王映霞:许大哥,谢谢你来参加我和达夫的订婚仪式。达夫在家时,欢迎你来家里做客。

许绍棣:达夫不在时,我就来不得吗?

王映霞:(淡淡地)许大哥,请你自重。(转身要走)

许绍棣:你家郁先生真是个大忙人。听听他刚才说的,有重要的客人,恐怕我在他眼里连草芥都不如吧。纵有才华等身,也不必如此傲慢。他这样,会伤人的。

王映霞:何止你不重要,怕是我也没那么重要。

【许绍棣看着王映霞。王映霞走向后区。许绍棣下。

【孙荃手捻佛珠,悄然落寞而上。

孙荃:达夫的事情,我在北方多少听到一些。写信问他,他也不回。其实我早该知道,达夫他原本就是这样的人,率性得过了火。龙儿走了,我原本万念俱灰,也不指望达夫把我当成挚爱的女人来宠。但行好事,莫问前程。达夫以前总爱说的一句话。事已至此,就由他去吧。

【郁达夫站在路的尽头。

郁达夫:你,怎么会在这里?

孙荃:心本无生因境有,前境若无心亦无。达夫,你我缘分已尽,自有佛祖度我,你不用费心了,你,要好好保重自己。

【孙荃隐去。

郁达夫:我是不是喝醉了?

王映霞:郁达夫!你还知道你喝醉了啊?你昨晚一夜没回家,又跑去哪儿了?!

郁达夫:(揉揉眼睛,拍拍脸)映霞,你知道吗?年初,五位左联的作家被杀害了。虽然我早已退出了左联,但我毕竟是发起人之一啊。左联是有过于激进的问题,但罪不至死吧?他们握住了枪杆子,就可以随便杀人吗?

王映霞:达夫,我知道你爱你的文学,爱你的朋友,自以为对国家负有一份责任。可是,你有没有想过,你对咱们的小家更是负有一份责任啊?国家没了你,还有别人,咱们的家要是没了你,我该怎么办?想当年你的龙儿夭折的时候,你都没能陪在身边,我不要做第二个孙荃!

郁达夫:够了!映霞,我原以为你是通情达理的新女性,怎么如今也碎碎念起这些三纲五常的旧观念来。家我是有责任,难道你就要依靠我绑住我吗?

你原来可不是这个样子的。

王映霞:郁达夫!你要是这样说,那好,前日许绍棣来过好几次信,邀请我们去他家里做客。还特意说,如果达夫公务繁忙,我独自去,他一样欢迎。如此这般,我答应他便是了。

郁达夫:(反而高兴)好啊,你去吧!绍棣为人热情风趣,和他相处倒还蛮有趣。我又不是孩子,不需要你老惦记着。

王映霞:你!……

【青年们上。

青年C:达夫先生,您这不是把自己老婆往火坑里推吗?

郁达夫:(不好意思地)其实,后来我和映霞也都冷静下来,知道一些气头上的蠢话不该大声地说出来。说得太多,无疑是两败俱伤。所以,和映霞商量了以后,我们决定,搬回杭州去!

青年D:啊?您真的要走?

青年C:您不要您的文化阵线了?

青年D:您不要您的亲密战友了?

郁达夫:唉,你们先别激动。我是去杭州而已,又不是要自杀。上海虽然是全国的文化中心,可是谁说离开了上海,就不能搞文化了。我还是郁达夫,郁达夫还是那个一根筋的穷书生，只不过换个地方讨人嫌罢了。况且，你们看，我的小茅屋温馨雅致，我和映霞都高兴得很呢。

【"风雨茅庐"四字牌匾从上面垂下来。

鲁迅：达夫、映霞，恭贺乔迁之喜啊！

【鲁迅、许广平上。

郁达夫：鲁迅先生和许先生莅临寒舍，蓬荜生辉。

鲁迅：达夫，你我就不必说这些客套话了吧！

许广平：风雨茅庐，意境好，字也好。

郁达夫：哈哈，先生好眼力。这字是广西大学校长马君武先生亲笔手书。唉，可惜生于这乱世，寝食难安，好书法全无用处。只怕我这风雨茅庐，也难避这世间的风雨啊。

鲁迅：达夫啊，这世间的风雨，靠躲避总不是办法。那些搞政治的阴谋家把偌大一个中国搞得这般民不聊生，我们也是有责任的。我们的沉默换来的是他们的肆意妄为，你应该提起笔冲上去，为更多的人发声，这才是正途啊。

郁达夫：先生，我原也是你这般想法，可后来越写越觉得疲累，说多了反而招来无端的非议。如今连沫若、仿吾这样的好友都弃我而去。我现在觉得，也许我真的没有什么才华,也担不得那许多责任。少我一个,四万万同胞的生活也依旧是那样,不会有什么改变的。就让我和映霞在这西子湖畔,相濡以沫,了此残生,也未尝不是一件美好的事情。

鲁迅:"避席畏闻文字狱,著书都为稻粱谋"。达夫,这是无聊文人的世界观啊,你怎么可以把自己等同于他们!

王映霞:先生言重了。达夫这些年为社会做的工作还少吗?又是办杂志,又是搞文学联盟,到处抛头露面,疲于应酬,可我们得到什么了?一些心怀叵测的人还在报纸上指桑骂槐。先生,达夫他只是一个作家,并不是一个战士。如今蒋委员长提倡新生活运动,我和达夫也要开始我们的新生活,这有什么错吗?

郁达夫:映霞,你怎么可以这样和先生说话?有失礼数。

王映霞:我们辛苦半生,颠沛流离,攒下的积蓄全用于这风雨茅庐的兴建。如今刚刚落脚,偏又有人来说三道四!(说着哽咽了)

郁达夫:你给我出去!

【王映霞抽泣下,鲁迅夫妇拦阻不住。鲁迅拿出一幅字轴。青年 A、B 接过去。

鲁迅:(叹息)同为读书人,拿不出什么别的礼物,赋诗一首,聊表寸心。现在时局不稳,政客龌龊,杭州也不是世外桃源,还希望你和映霞能够同舟共济啊!告辞了。

【鲁迅夫妇下。

【背景打出鲁迅全诗。
青年A:坟坛冷落将军岳,梅鹤凄凉处士林。
青年B:何似举家游旷远,风波浩荡足行吟。
青年C:这就是鲁迅先生著名的《阻郁达夫移家杭州》。在诗里,鲁迅进一步表明了不希望郁达夫离开上海的主张。
青年D:然而郁达夫和王映霞为了修补已经出现的婚姻裂痕,还是在杭州住了下来。然而后来他们才发现,这一着棋,仍是败笔。

【背景中,郁达夫和王映霞带着三个孩子,玩跳绳的游戏。三个孩子在中间跳,五个人欢声笑语。戏仿二十世纪三十年代电影。
青年A:是啊。两人的小日子没过多久,福建省政府主席陈仪就托人送来聘书,请郁达夫赴闽担任福建省教育厅长。王映霞起初并不反对——
王映霞:去吧,达夫。在杭州你整天应酬喝酒,连写作的时间也没有。我实在不忍看你这么消沉下去。

到福建去,也算是个正经的差事,有固定的收入,咱们好好地过正常人的生活。

郁达夫:去政府听差,算什么正经工作。搞不好还要受那班政客的鸟气。不过听说这个陈仪倒是个人物,把福建治理得有条不紊,又广聚人才,貌似有些能力。去一下也无妨,只是要辛苦你打理这个家。

王映霞:(略带撒娇)我打理家?哼,告诉你,郁达夫,从此以后你别想丢下我一个人跑了。就算你去天涯海角,我也要跟着你赖着你!

【王映霞本是略带撒娇的语气,可郁达夫却停了摇绳,脸也沉了下来。三个孩子见父亲不高兴,也不跳了,悄悄跑出了镜头。

郁达夫:映霞,我可没跟你开玩笑。咱们这风雨茅庐,凝聚了大半生的积蓄,你不留下来好好打理,跟我跑去福建干什么?况且三个孩子还小,谁来照顾他们?

王映霞:什么?你又想自己跑出去躲清闲?我可不是你的荃妹,任由你摆布。夫妻在一起才是家,天各一方,谁知道你又要干什么?

【郁达夫气得扔掉手里的跳绳。青年B跑进镜头,捡起来递到他手里。

郁达夫:我是去干事业又不是玩乐,况且国家用人之际,哪有拖家带口的道理!反正你就是不能去!

王映霞:反正我就是要去!

【王映霞也扔掉手里的跳绳。青年B又跑过来捡起递给她。这样三番两次。

【郁达夫和王映霞再次不欢而散。各自出镜头。

青年A:哎呀,你们这是干什么啊?有什么事情不能好好商量?

青年B:两个人就是这么鸡同鸭讲,自说自话。最终,郁达夫还是独自去了福建。王映霞再一次妥协了,然而郁达夫的任性和自我终于在她心底烙下了深深的伤害。世间的夫妻大多如此,未曾变过,你们说是不是?

青年C:然而使郁达夫内心遭受打击的还不只是家庭矛盾的激化。1936年10月,郁达夫毕生追随、信任并与之亦师亦友的鲁迅先生在上海溘然长逝,享年55岁。

青年D:郁达夫听到消息后,伤心欲绝。他曾经为鲁迅写下的那首诗,也成为后世对鲁迅精神最为通透的解读。

【大屏幕缓缓写出诗句,四人齐声朗读。

"醉眼蒙眬上酒楼,彷徨呐喊两悠悠。群盲竭尽蚍蜉力,不废江河万古流。"

【暗场,收光。

【光启,时间来到1938年,地点武汉,郁达夫和郭沫若各自手执杯酒,两人醉意朦胧。

郁达夫:要是仿吾在就好了。你我兄弟三人,多久没在一起一醉方休了。想当年在创造社的时候……鼎堂,你说这人是不是年岁大了,就不愿意和别人推心置腹了。我们要是都长不大,不会老,该有多好。

郭沫若:咯……你说说你,都四十好几的人了,怎么还说出这么幼稚的话。

郁达夫:鼎堂,如今日本人攻城略地,武汉旦夕不保。你有没有怪我当初劝你回国?

郭沫若:达夫,说实在话,要不是当年西安事变和平解决,蒋介石同意抗日,十个你劝我,我也怕不敢回来呢。但既然回来了,除了同仇敌忾,合力抗日,鼎堂再无他想。

郁达夫:那安娜呢?孩子们呢?你的文学理想呢?

郭沫若:呃,嗨,管不了那许多了。好男儿志在四方。优柔寡断,难成大器。

郁达夫:(仰头干了一杯酒)我只恨那些该死的日本人,攻陷浙江后,害我七旬老母竟活活饿死在富阳家中。

郭沫若:达夫,要坚信胜利一定是我们的!况且还有我这样的老朋友在你身边呢!

郁达夫：老朋友？那么多当年的老朋友，如今天各一方，彼此交通中断，联络不上，生死不明。作人兄的事情你听说了吗？

郭沫若：周作人？那个民族败类？居然不要脸到去参加什么"更生中国文化建设座谈会"！不要再跟我提他，我恨不得食其肉啖其血！

【大屏幕现出周作人参加"更生中国文化建设座谈会"的照片。

郁达夫：鼎堂，不要这么绝情，想当年……

郭沫若：不要再提什么想当年！汉贼不两立，如今有我没他！

郁达夫：鼎堂啊鼎堂，年届半百了，你还是那个斗士的样子，真不知道你将来能服了谁？作人兄如今做下了糊涂事，可十几年前，我的《沉沦》问世之初，作人兄力排众议，在报上发文支持，知遇之恩，达夫没齿不忘啊。

【照片隐去。

【周作人上，对郁达夫深鞠一躬。

周作人：达夫先生过誉了。感谢达夫先生还能记得周某的好处。

郁达夫：作人先生？你真的是周作人？

周作人：正是。感谢先生这些年来对家兄与我的支持回护，如今局势骤变，在下也有不得已的苦衷啊。

郁达夫：星杓，这照片当真是你？我几乎不敢相信啊。自北平沦陷以来，日寇烧杀焚掠，无恶不作，北平的仁人志士纷纷南下，宁死不做贼寇的帮凶。作人你选择留下，也许有你的苦衷，但我们都希望你做一个文坛的苏武，遇逆境而守节操！可你！唉，作人，一念之差，忠邪千载啊！你既然已经到了武汉，就不要回去了，就随我们一同转移吧！

周作人：达夫先生。我并未南来武汉，你也不曾到过北平。但你的好意，作人心领了。然而人各有志，先生就不要再强求了。作人一介书生，本不想问政治，只想找一方安静的屋檐底下做一些散漫的学问。希望有朝一日，战火不再蔓延，那时再与达夫先生相会吧。

郁达夫：星杓，星杓你糊涂啊！你等等啊，周作人！

【周作人下。

【背景战火纷飞，枪炮声不绝于耳。爱国青年们走上街头，高呼抗日口号："众志成城，保家卫国。"

【郁达夫拿着酒壶，边喝边走。

郁达夫：自从抗战爆发，地无分南北，人无分老幼，全体中国人只有一个决心，那就是抗战守土，驱逐日寇。然而日军的铁蹄长驱直入,占我上海,陷我南京,眼看这武昌城也危在旦夕。武昌啊武昌,自辛亥伊始,你便见证着我中华民国由独立到自强的脚步,而如今却要和你说再见了。还有映霞,难道也要像这武昌城一样,跟我说再见了吗?

【三个孩子的影像。

孩子们:爸爸,爸爸,妈妈不见了,妈妈什么时候回来?

郁达夫:孩子们,乖,妈妈很快就回来,等她回来以后我们就走,找一个安静的地方,爹教你们读书认字。

孩子们:我们不要去什么安静的地方,我们要回家。

郁达夫:好,回家,回家。

【郭沫若急匆匆上。

郭沫若:达夫,你可算是回来了,叫我一通好找。你又喝酒了?

郁达夫:找我?找我做什么?你看如今,这国不是个国,家也早就不像个家了。

郭沫若:你啊你,你看看自己干的好事!好好的日子不过,跑到大公报登什么"寻人启事",还把话说得那么绝。

【大屏幕现出郁达夫刊登的"寻人启事":"王映

霞女士鉴：乱世男女离合，本属寻常，汝与某君之关系，及携去之细软衣饰现银款项契据等，都不成问题，唯汝母及小孩等想念甚殷，乞告以住址。郁达夫谨启。"

郁达夫：映霞离家三天未归，孩子们问我要妈妈，你说我该怎么办？

郭沫若：你这个人简直不可理喻。别人是家丑不可外扬，你倒好，家丑偏要外扬。你暴露自己的隐私也就罢了，凭什么要把自己的爱人也一并暴露出去？你这又登报又拍照的，真是太让人难堪了吧。

【青年C、D扮作记者，边照相边采访，散布着"郁达夫婚变"的消息。郭沫若把他们推到一边】

郭沫若：你们这些记者就不要再在这里添油加醋了，时局还不够乱吗？还不够你们忙的？这些花边新闻就那么有意思？唉，达夫这个人啊，最大的缺点就是从不设身处地地替他人着想。他自始至终是爱着王映霞的，可是表达爱的时候简直就像个白痴。他总爱说那句话是什么来着，哦，对，但行好事，莫问前程。太能说明问题了，他就是这么不管不顾的一个大孩子，自始至终都是。

【记者们纷纷记录着郭沫若的话。】

郁达夫：鼎堂，难不成你有映霞的消息？

郭沫若：映霞根本就没有走远，她这几天一直住在曹律师家里。但我跟你说,你必须要再登一封《道歉启事》,不然连我都要劝映霞不要回你这个家。

郁达夫:曹律师家?她不是跟别人走了吗?

郭沫若:跟谁走啊?要我说映霞最错误的决定就是跟你走了。闲话少说,快按我说的做。

郁达夫:哦哦,那好,我这就写。可是,我该怎么写?

郭沫若:呃,就写你自己精神失常。

郁达夫:精神失常?要不要这么浮夸?

郭沫若:我就问你,到底还要不要老婆?孩子们还要不要妈妈?

郁达夫:要,要!好,就依你,精神失常就精神失常!

【记者们又走上街头,纷纷拍照叫嚷——郁达夫婚变又传新闻,自认精神失常逼走妻子,此前"寻人启事"原系胡说八道!

青年A:再动荡的局势,也挡不住小报记者的热情,古今中外,莫不如此。

青年B:经过郭沫若等人的调和,王映霞终于回到了家里,两人经过一番忏悔,狠斗私字一闪念!

青年C:哎哎,你这个词可是三十年以后的事儿。

青年B:哦哦,就是那么个意思。反正两人经过长谈,最终决定进行一场灵魂上的"复婚",并且请来见证人,见证他们签署了一份协议书,约定夫妻各守本分,开诚布公。

青年C:夫妻间的问题,要是一纸协议书能够解决的,那该省去多少烦恼啊。

青年A:10月,武汉失守,郁达夫南下福州继续干之前的工作。王映霞拖家带口,辗转流离。

青年B:她在长沙丢失了全部的行李,其中有与郁达夫的通信和照片,这些贵重的东西,记载着夫妻俩全部回忆的东西,都随着长沙的一把大火烧掉了。

青年D:然而郁达夫先生此时的意志却是更加坚定了。他写下了"男儿只合沙场死,岂为凌烟阁上图"这样壮怀激烈的诗句,表明了抗战到底的决心!

青年A:1938年12月,郁达夫一家人终于在福州团聚,然而短短几天后,他们又踏上了前往新加坡的客轮。

青年C:他们去新加坡干什么?

青年D:眼看日军进犯的势头越来越猛,达夫先生认为战火迟早烧出国门,因此,提早占领海外文艺阵地,对加强抗日宣传十分重要。于是,他欣然接受了新加坡《星洲日报》的邀请。

青年B:谁知道,这一走,达夫先生再也没能回到他挚爱的祖国,再也没能踏上这片他生前无比眷恋的土地。

青年A:故都北平的秋天——

青年C:那些个春风沉醉的夜晚——

青年D:还有属于他们的风雨茅庐——

四人:都变成了再也看不见的过往,烟消云散。

【收光。

【幕外音是收音机调台的滋滋声,声音渐渐清晰,播放着裕仁天皇著名的终战诏书。灯亮,四个青年和郁达夫围坐桌旁,桌上摆着收音机。此时的郁达夫蓄起了胡须,穿着睡衣和拖鞋。

青年A:赵先生,这个日本人在说什么?

其他人:是啊,他在说什么?

郁达夫:(慢慢斟了一杯酒,一饮而尽,起身望向远方)他们终于投降了,我们胜利了!

众人:我们胜利了!我们胜利了!

青年A:赵先生,您其实不是赵先生,您是,郁达夫先生?

众人:啊?郁达夫?作家郁达夫?

郁达夫:是啊,我是郁达夫。

青年B:传闻郁达夫携家眷到了新加坡,您怎么会在苏门答腊?

【郁达夫如在梦境。

郁达夫:是啊,我是怎么来的苏门答腊?

【郁曼陀出现在后区。

郁曼陀:荫生,你也老了。家里都好吗?

郁达夫:大哥?是你!我好想你啊!

郁曼陀:你和映霞结婚那年,我去了,却站在门口没有进去。别怪大哥。

郁达夫:都过去了,全都过去了。1940年,我与映霞在新加坡正式登报离婚,她离开南洋回到重庆。已经多年没有音讯。

郁曼陀:唉,你啊你啊。娘没了,咱们的大家散了,可如今你这小家,也没了。

郁达夫:大哥,你还在就好,还在,就好。

【忽然传来几声枪响。

郁达夫:有枪声,可能是日本人来了,你先躲一躲,我来应付他们。

郁曼陀:荫生,大哥也不能陪你了。没有亲人在身边的日子,你一定要保重。遇到有合适的姑娘,再娶一房吧,你是个长不大的孩子,身边不能没人照顾。看到你还好,大哥就放心了。

郁达夫:大哥,你怎么才来就走?!我们胜利了,我不要你走!

【郁曼陀转身离开,郁达夫没能拉住他。

青年B:上海沦陷后,郁曼陀利用法官的身份和租界法权,多次营救爱国人士,面对汉奸的威胁恐吓,仍然置生死于度外。1939年11月,被日军暗杀于寓所外,距今已经6年。

郁达夫:大哥!

【郁曼陀消失在天幕尽头。

【王映霞现出。

王映霞:达夫。

郁达夫:(手足无措)映霞?你!多年不见,你瘦了好多……

王映霞:你现在,真像个商人。比我第一次在上海见你,体面多了。

郁达夫:你还记得第一次见我时的样子?

【孙荃现出。

孙荃:怎么会忘呢?那时你才21岁,脾气犟得厉害,觉得这天地都是你的呢。那一年暑假你回国,天气热的跟什么似的,你来我家,走了那一身的汗。

郁达夫:荃妹,你!你也来了?

王映霞:怎么会忘呢?那时你又瘦又小,说起话来磕磕绊绊,又滔滔不绝,好像个笨拙的小学生。哦,对了,第一次见面你就请我去新雅饭店吃灌汤包,你还把油洒在了袖子上。

郁达夫:你们,你们还记得那么清楚。

孙荃:(似乎对王映霞)"题君封号报君知,两字兰荃出楚辞",自打那以后,我就把名字里的"兰坡"改成了"荃",按着他的心意,打算一辈子随着他。

王映霞:(似乎应着孙荃)"好事只愁天妒我,为君先买五湖舟",跟大作家恋爱果然辛苦,他写给我那么多的信,哪里回得过来?回得晚一些,他竟要跑上门来找我!

郁达夫:嗨,那么久的事了,你们提这些做什么……

【郁达夫想要拉住二人,二人却似乎成心躲开他,不理他,继续对话。

孙荃:那时候他分明是个毛头小伙子,却偏要装成个老学究,说什么"国家兴亡,匹夫有责",那样子,啧啧,笑死个人。

王映霞:那时候他分明是个名满天下的大人物,却动不动耍起小孩子脾气,爱呀恨呀,还闹一下离家出走,那样子,哎呀,笑死个人。

郁达夫:你们快别说了,叫人听见。

王映霞:孙小姐,对不起,我欠你一个道歉。

孙荃:你,别这么说。

王映霞:我们爱上了同一个男人。

孙荃:也许,我们爱上的是同一个灵魂。

王映霞、孙荃:达夫,那些美好的过往,我们都不会忘掉的,不是吗?

郁达夫：怎么会忘掉呢……分开之后，我很想念你们，尤其是在那些孤悬异乡的日子里。

王映霞：回到重庆以后，我孤身一人，进到政府工作，和一个军官结了婚，在轰炸声里挨过了一天又一天。我也想你和孩子们，还有我们的风雨茅庐。

孙荃：回到故乡以后，我吃斋念佛，为你祈求平安，七年的婚姻，足够我用余生惦念。

【孙荃缓缓回身，下。

郁达夫：（追了几步，目送孙荃的背影，失落，回顾王映霞）映霞，你一定知道，我们胜利了！你既然又回到我身边，就让我们重新开始吧！我仍然爱着你，映霞！相信我，我会比以前更爱你！

王映霞：（似乎完全没有听到郁达夫的话）我不算丑，也不是美人。我能名留青史，完全是因为你郁达夫。可我们只有共同的过去，却再也没有携手的未来了。但行好事，莫问前程。达夫，我们来生再见！

【王映霞缓缓回身，下。

郁达夫：……走吧，你们都走吧，即使这世上就剩我一个人，又能怎么样？命运、疾病、误解、冷漠，你们都来吧，你们能把我怎么样？

想想也觉得可笑。谁又要把你怎么样呢？曾因酒醉鞭名马，生怕情多累美人。路是你自己一步一步走过来的啊，又有谁可怪呢？一世的漂浮辗转过后，错把他乡作故乡的无奈，谁愿意来和我分享呀？我仿佛又看见熟悉的钓台的春昼里那些芜杂的荒草，和一眼望不到尽头的废垣残瓦。

从《创造》到《民众》，我一直在苦闷中寻找出路，是为自己，更是为我泱泱华夏万民谋福。然而从北平至上海再到广州，我实在是看烦了政客们的蝇营狗苟，也受够了文人们的首鼠两端。敢问我苍茫神州，何时能挽狂澜于既倒，解万民于倒悬？

然而，正像你们听到的一样，这一天竟然好像悄悄地来了。在我49年的生命里，似乎还没有哪一天能叫我像今天这样欢喜。听，你们听，那一声振聋发聩的巨响，来自遥远的北方，新的时代终于要开始了吧！来来来，再与我干了这杯酒吧，再干一杯，最后一杯！

不，不是最后一杯，这时的我还不知道，一个新的生命即将呱呱落地，而此生的我纵然无缘与她相见，但她身上千真万确流着我的血！

哦，对，她叫美兰。

【"吱呀"一声，门开了。万籁俱寂。一个印尼青年跑了上来。

印尼青年：(彬彬有礼地)先生，打扰了。有点事情，想请您出去商谈一下。

郁达夫:好。麻烦头前带路。

【郁达夫的脚步声,时钟的嘀嗒声,越来越急促。突然车轮急刹,戛然而止。一片空白。

【青年们悄然而上。

青年 A:桂花开得愈迟愈好。因为开得迟,所以经得日子久。但愿我们都是迟桂花。

青年 B:达夫先生那一晚离开了家门,就再没能回来。

青年 C:所有人都希望这只是一次任性的出走,似乎他天明就会出现。

青年 D:然而他波谲云诡的一生已经壮烈落幕,和晚风一同回荡,和落霞一起蒸腾。

【郁达夫出现在路的尽头,他微笑着。

郁达夫:这里就是你的避难所。世间的一般庸人,都在那里嫉妒你,轻笑你,愚弄你。只有这大自然,终古常新的苍空皎日,这晚夏的微风,这初秋的清气,还是你的朋友,还是你的慈母,还是你的情人。你也不必再到世上与那些轻薄的男女共处去。你就在这大自然的怀里,这纯朴的乡间,终老。

【郁达夫的爱人王映霞、妻子孙荃的剪影,与郁达夫遥相呼应。青年们望向郁达夫。

【剧终。